ATÉ O
ÚLTIMO
DE NÓS

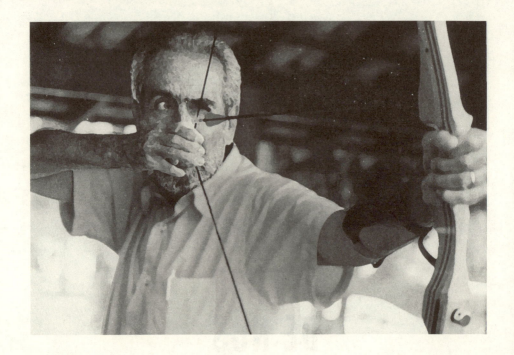

O Arqueiro

GERALDO JORDÃO PEREIRA (1938-2008) começou sua carreira aos 17 anos, quando foi trabalhar com seu pai, o célebre editor José Olympio, publicando obras marcantes como *O menino do dedo verde*, de Maurice Druon, e *Minha vida*, de Charles Chaplin.

Em 1976, fundou a Editora Salamandra com o propósito de formar uma nova geração de leitores e acabou criando um dos catálogos infantis mais premiados do Brasil. Em 1992, fugindo de sua linha editorial, lançou *Muitas vidas, muitos mestres*, de Brian Weiss, livro que deu origem à Editora Sextante.

Fã de histórias de suspense, Geraldo descobriu *O Código Da Vinci* antes mesmo de ele ser lançado nos Estados Unidos. A aposta em ficção, que não era o foco da Sextante, foi certeira: o título se transformou em um dos maiores fenômenos editoriais de todos os tempos.

Mas não foi só aos livros que se dedicou. Com seu desejo de ajudar o próximo, Geraldo desenvolveu diversos projetos sociais que se tornaram sua grande paixão.

Com a missão de publicar histórias empolgantes, tornar os livros cada vez mais acessíveis e despertar o amor pela leitura, a Editora Arqueiro é uma homenagem a esta figura extraordinária, capaz de enxergar mais além, mirar nas coisas verdadeiramente importantes e não perder o idealismo e a esperança diante dos desafios e contratempos da vida.

FREIDA McFADDEN

ATÉ O ÚLTIMO DE NÓS

Traduzido por Roberta Clapp

Título original: *One by One*

Copyright © 2020 por Freida McFadden
Copyright da tradução © 2025 por Editora Arqueiro Ltda.

Publicado originalmente em 2020 nos Estados Unidos por Hollywood Upstairs Press. Todos os direitos reservados. Nenhuma parte deste livro pode ser utilizada ou reproduzida sob quaisquer meios existentes sem autorização por escrito dos editores.

coordenação editorial: Taís Monteiro

produção editorial: Ana Sarah Maciel

preparo de originais: Karen Alvares

revisão: Juliana Souza e Pedro Staite

diagramação: Gustavo Cardozo

capa: Freida McFadden

imagem de capa: ysbrand / Depositphotos / Fotoarena

adaptação de capa: Ana Paula Daudt Brandão

impressão e acabamento: Associação Religiosa Imprensa da Fé

CIP-BRASIL. CATALOGAÇÃO NA PUBLICAÇÃO
SINDICATO NACIONAL DOS EDITORES DE LIVROS, RJ

M144a

McFadden, Freida
  Até o último de nós / Freida McFadden ; tradução Roberta Clapp. - 1. ed. - São Paulo : Arqueiro, 2025.
  224 p. ; 23 cm.

  Tradução de: One by one
  ISBN 978-65-5565-767-8

  1. Ficção americana. I. Clapp, Roberta. II. Título.

24-95349

CDD: 813
CDU: 82-3(73)

Gabriela Faray Ferreira Lopes - Bibliotecária - CRB-7/6643

Todos os direitos reservados, no Brasil, por
Editora Arqueiro Ltda.
Rua Artur de Azevedo, 1.767 – Conj. 177 – Pinheiros
05404-014 – São Paulo – SP
Tel.: (11) 2894-4987
E-mail: atendimento@editoraarqueiro.com.br
www.editoraarqueiro.com.br

Para Libby e Melanie
(como sempre)

PRÓLOGO
ANÔNIMO

Seremos seis.

Seis adultos. Espremidos feito sardinhas enlatadas em uma minivan para seis pessoas, junto com toda a bagagem sem a qual achamos que não conseguiríamos sobreviver durante nossas férias em uma requintada pousada de luxo. Nossa reserva é para seis dias. Seis dias de trilhas e banheiras de hidromassagem. Seis dias longe da civilização.

Minha mãe era uma mulher religiosa. Por isso sei que, no sexto dia, o homem e a serpente foram criados. A serpente que acabou convencendo Adão e Eva a comer o fruto proibido e fez com que os dois fossem expulsos do Jardim do Éden para sempre, lembra? É por isso que o número seis representa tanto o homem quanto o mal que o enfraquece.

No Apocalipse, 666 é o número do demônio. O sexto mandamento é "Não matarás". Seis não é um bom número.

Não tenho religião. Não vou à igreja. Não acredito em um poder superior. Para mim, seis é um número como qualquer outro. Mas sei que cada uma dessas seis pessoas esconde de todos um segredo.

Posso contar o meu agora mesmo:

No final desta semana, apenas um de nós voltará vivo para casa.

UM
CLAIRE

Não sei em que momento comecei a odiar meu marido.

Nem sempre foi assim. Quando nos casamos, há mais de dez anos, demos as mãos e jurei que o amaria para sempre. Até que a morte nos separasse. E fui *sincera*. Com cada fibra do meu ser. Eu realmente acreditava que passaria o resto da vida casada com Noah Matchett. Imaginei nós dois envelhecendo juntos, de mãos dadas, sentados em cadeiras de balanço iguais em uma casa de repouso. E, quando o padre nos declarou marido e mulher, eu me dei os parabéns por ter escolhido o homem certo.

Não sei bem o que aconteceu de lá para cá. Mas não suporto mais esse cara.

– Cadê minha camiseta da UChicago, Claire?

Noah está debruçado sobre a primeira gaveta da cômoda dele, as sobrancelhas franzidas enquanto os olhos castanho-claros estão fixos no conteúdo lá dentro. Ele dá um pigarro, o que sempre faz quando está muito concentrado em algo. Eu costumava achar isso fofo e charmoso. Agora acho irritante. Irritante como unhas arranhando um quadro-negro.

– Sei lá. – Pego umas blusas na gaveta da minha cômoda e enfio na mala marrom que está aberta em cima da cama. – Não tá na gaveta?

Ele olha para mim e franze os lábios.

– Se estivesse na gaveta, por que eu estaria te perguntando?

Hum. Talvez seja por isso que odeio meu marido. Porque ele virou um grande babaca.

– Não sei onde tá a sua camiseta. – Começo a separar meus sutiãs. É preciso levar quantos para uma viagem de uma semana? Nunca tenho certeza. – A camiseta é *sua*.

– Sim, mas foi *você* que lavou a roupa.

– E daí? – Enfio quatro sutiãs na mala; deve ser o suficiente. – Você acha que, enquanto tô lavando roupa, fico pensando comigo mesma "Ah, olha aqui a camiseta da UChicago do Noah... melhor colocar num lugar especial, e não na gaveta onde coloco todas as outras camisetas dele que já lavei na vida"?

Ele revira os olhos para mim e vasculha a gaveta mais uma vez.

– Bem, aqui não tá.

– Não sei mais o que te dizer, Noah.

Ele esfrega a barba espetada no queixo, que, embora escura, tem um toque grisalho. Faz três dias que não faz a barba porque está trabalhando de casa. Ele não liga para a própria aparência, a menos que tenha que ir trabalhar presencialmente.

– Será que você colocou na cômoda do Aidan por engano?

É improvável, pois nosso filho de 9 anos lava a própria roupa. De alguma maneira, meu filho que está no quinto ano consegue lavar as próprias roupas, mas meu marido adulto não. Desde o momento em que nos casamos, lavar a roupa se tornou automaticamente minha responsabilidade. Não houve discussão. A esposa lava a roupa. Fim de papo.

– Fique à vontade pra dar uma olhada na cômoda do Aidan – digo.

Noah me lança um olhar furioso e sai pisando firme em direção ao quarto do nosso filho, com os pés grandes rangendo no assoalho. Ele não vai encontrar a camiseta lá. Eu poderia apostar um milhão que está na primeira gaveta, onde ele procurou o tempo todo.

Em apenas algumas horas, vamos embarcar numa viagem de uma semana para uma pousada aconchegante localizada no norte do Colorado. Serão cerca de quatro horas de carro até lá, seguidas de uma semana de bufês de café da manhã, jacuzzi, trilhas pela natureza e um lago com trutas que ficam saltando da água. É ao mesmo tempo uma chance de ficar longe da cidade (ou, no nosso caso, dos calmos arredores da cidade) e ainda desfrutar de banhos quentes e TV a cabo. Mal posso esperar.

Bem, exceto pelas quatro horas dentro de um carro com meu marido. Que provavelmente não vai parar de falar sobre a camiseta besta da UChicago.

Coloco um punhado de meias na mala e vou até a cômoda de Noah. Tenho duas cômodas abarrotadas e um armário cheio de roupas, enquanto Noah tem apenas uma cômoda e algumas camisas sociais no armário. Quando nos conhecemos, ele costumava implicar comigo por conta da quantidade de roupas que eu tinha comparada a ele. Até hoje implica com isso, mas agora as piadas são bem menos engraçadas.

Se você comprar mais uma blusa, vamos ter que comprar outra casa só pras suas roupas, Claire.

Também não é para tanto. Minha amiga Lindsay tem literalmente um *cômodo inteiro* só para as roupas dela. Mas ela não é casada, então pode fazer o que quiser sem que outra pessoa critique cada movimento seu.

Reviro a gaveta, vasculhando as inúmeras camisetas cinza e pretas. Noah nunca foi fã de cores vivas; tende a ficar na escala de cinza. Uma vez, comprou uma camiseta verde. Essa foi sua crise de meia-idade.

Depois de apenas alguns segundos, vejo um lampejo de marrom enfiado em um canto da gaveta. Tiro a camiseta e vejo a palavra UChicago escrita na frente em letras desbotadas. Noah tem essa camiseta desde que o conheço. É a favorita dele.

Por um momento, sinto o impulso de enfiá-la no fundo da lixeira e não falar nada. Ele vai ficar louco atrás dela. E, sério, ela precisa ser aposentada. Tem um buraco se formando na gola e a bainha está toda desgastada.

Por outro lado, já escondo segredos suficientes do meu marido. E não quero abrir mão do mais puro prazer de informá-lo de que a camiseta estava na gaveta o tempo todo.

– Mamãe?

Minha filha de 7 anos, Emma, está parada na porta do nosso quarto, me observando pensar no que fazer com a camiseta favorita do pai dela. Embora a gente já tenha tomado café da manhã, ela ainda está vestindo o pijama da *Frozen* azul-royal com pequenos flocos de neve. Culpada, enfio a camiseta de volta na gaveta e me viro para sorrir para Emma. Ela não sorri de volta.

Enquanto seu irmão mais velho está animado com a ideia de passar uma semana com a tia Penny, Emma está definitivamente apavorada. Na última semana, ela se enfiou na nossa cama queen size todas as noites para dormir conosco. Felizmente, Noah e eu dormimos com um espaço do tamanho do Oceano Atlântico entre nós.

– O que houve, meu bem? – pergunto.

O lábio inferior de Emma treme. Ela corre até mim e envolve meus quadris com seus braços magrinhos. – Não vai, mamãe. *Por favor*.

– Emma...

Tento me desvencilhar, mas ela está grudada em mim feito cola. É adorável. Por mais que eu não goste do meu marido, amo meus filhos. Sempre gostei de crianças. Em parte é por isso que me tornei professora. Nada me deixa mais feliz do que ver sorrisos iluminando aqueles rostinhos.

Abaixo a mão e afasto os cachos castanho-claros úmidos do rosto de Emma. O cabelo dela se parece com o meu, mas ainda é macio como o de um bebê. Eu me inclino e enterro o rosto nele; tem o cheiro do xampu de melancia que ela usa.

– É só uma semana, meu amor – digo.

Ela olha para mim com as bochechas cheias de lágrimas.

– Mas e se acontecer alguma coisa com você?

Não sei como minha filha de 7 anos se tornou tão paranoica. Ela se preocupa com tudo, inclusive com coisas com as quais nenhuma criança deveria se preocupar. Por exemplo, quando circulou um boato de que haveria uma greve de professores no ano passado, ela ficou tensa com a possibilidade de eu não ter emprego e não podermos comprar comida. Que criança de 7 anos pensa em coisas assim?

– Por que você tá tão angustiada, Emma?

Ela morde o pequeno lábio inferior rosado.

– Você vai pra floresta.

Não a julgo por se preocupar, se é isso que ela acha. Noah e eu definitivamente não somos o tipo de casal que gosta de "atividades ao ar livre", por assim dizer.

– Não precisa ter medo. O hotel onde vamos ficar hospedados é ótimo. Vai ser bem seguro.

– Mas eu sonhei que...

– Que o quê?

Emma franze o rosto.

– Que um monstro da floresta comia vocês!

É risível, é claro. Vamos passar a maior parte da semana aproveitando as comodidades do hotel e, se nos aventurarmos a sair, vamos circular por locais restritos, como trilhas para os turistas fracotes da cidade. E, mesmo que não fôssemos fazer nada disso, tenho certeza de que o que Emma está imaginando é uma criatura azul qualquer parecida com o Come-Come da Vila Sésamo, que surge da natureza e nos enfia na boca de uma só vez.

No entanto, Emma às vezes tem uma intuição esquisita sobre as coisas. Certa noite, ela entrou no nosso quarto às duas da manhã chorando após ter sonhado que o vovô Joe havia morrido. Dois dias depois, meu pai, aparentemente saudável, não resistiu após um ataque cardíaco fulminante. Noah achou tudo uma grande coincidência, mas jamais me esqueci.

Por mais que eu odeie admitir, a premonição de Emma está me deixando desconfortável.

Talvez essa viagem seja um erro.

Olho para as duas malas em cima da cama. A de Noah, com as roupas enfiadas de qualquer jeito, e a minha, com tudo dobrado perfeitamente. E se eu dissesse a ele que não quero ir? Será que ele ia surtar? Ou ficaria aliviado por não ter que passar a semana inteira com alguém que odeia?

Mas em seguida ouço a risada dele vindo da porta. Pelo visto, ele ouviu toda a conversa.

– Emma! – Ele está na porta de braços cruzados. – Você não tá preocupada de verdade com isso, né?

O lábio inferior de Emma continua tremendo.

– Você sabe que monstros não existem! – Ele inclina a cabeça para o lado. – Bem, tirando os... monstros que fazem cosquinha!

Apesar da preocupação, os olhos castanhos de Emma se arregalam de entusiasmo. Depois de um minuto de cócegas, ela parece ter esquecido tudo sobre o tal sonho assustador. Como é bom ser criança, poder viver o momento e esquecer tudo com a ajuda de uma sessão de cosquinha.

Noah é ótimo com as crianças. Não dá para negar. Elas adoram o pai, e ele as ama tanto quanto eu. E é por isso que ainda estamos juntos, apesar de desprezarmos um ao outro. Embora nunca tenhamos dito isso em voz alta, ambos sabemos que continuamos juntos por causa dos nossos filhos. Por enquanto.

– Muito bem – diz Noah para Emma. – Sua tia Penny vai chegar a qualquer momento. A sua mala já tá pronta?

Compramos para Emma uma mala de rodinhas da *Frozen* especialmente para essa ocasião. Ela ficou muito animada quando ganhou.

– Quase.

– É melhor terminar logo. – Ele arqueia uma sobrancelha. – Ou então... o monstro da cosquinha pode voltar...

Ele simula garras com as mãos, e Emma dá um gritinho e foge do quarto. Ele a observa sair, com um sorriso torto no rosto. Por um instante, eu me lembro de quanto o amava. De como nos divertíamos juntos. De como meu corpo inteiro vibrava de expectativa quando eu sabia que ele ia me levar para jantar fora. Noah costumava me fazer rir da mesma forma que faz Emma rir.

Fico me perguntando se conseguiríamos consertar as coisas. Talvez, se eu disser algo gentil agora, em vez de fazer meu comentário sarcástico habitual, ele sorria e dê risada. E talvez pudéssemos usar essa viagem como uma oportunidade de recuperar nosso relacionamento. Talvez não seja tarde demais para nós dois.

Mas então Noah se vira para me olhar e o sorriso se esvai de seu rosto.

– Você perdeu minha camiseta – diz ele.

– Estava na sua gaveta o tempo todo, espertão.

Não vamos consertar as coisas hoje. Nem nunca.

DOIS
CLAIRE

Minha irmã Penny sobe a rampa da nossa garagem às nove e meia em ponto para buscar as crianças. Meu primogênito, Aidan, que é muito tranquilo, aceita um beijo na bochecha, depois entra obedientemente no Honda CR-V e coloca o cinto de segurança. Faz bem pouco tempo que deixou de usar a cadeirinha, e ele leva essa responsabilidade muito a sério.

Emma é outra história. Ela se agarra com firmeza no meu quadril, e todo o consolo proveniente do ataque de cosquinha já se foi há muito tempo.

Penny aparece na lateral do carro, com seu rabo de cavalo loiro balançando enquanto limpa as mãos na calça de ioga.

– O que houve, Em? Não quer passar uma semana superdivertida com a tia Penny?

Emma vai se divertir muito com Penny. Minha irmã tem três filhos, e eles estão sempre atolados até o pescoço em algum projeto emocionante (e confuso), geralmente culinário. Ou artístico, envolvendo macarrão. E ela tem um escorrega no quintal. Mas, neste momento, minha filha não está nem aí. Responde afundando a cabeça na minha barriga.

– Ela sonhou que um monstro comia a gente – explico.

– Ai, que medo! – Penny assente em sinal de solidariedade. – Mas acho que não tem nenhum monstro onde sua mãe e seu pai estão indo, Em. Eles vão pro norte do Colorado, e todos os monstros moram no sul. Então eles vão ficar bem.

Outra criança poderia ter sido persuadida, mas Emma é filha de um físico. Ela tem um raciocínio lógico impecável. Por isso, apenas lança um olhar de desprezo para Penny e volta o rosto para o meu quadril.

Pela segunda vez nesta manhã, fico pensando se essa viagem não é um erro. Eu já estou brigando com Noah, e agora vamos passar *quatro horas* juntos dentro de um carro. Às vezes, ter nossos amigos no carro conosco ameniza as brigas, mas frequentemente eles são apenas uma plateia que serve para deixar claro, de maneira constrangedora, o quanto Noah e eu passamos a nos detestar.

Talvez seja melhor eu ficar em casa. Ainda não é tarde demais para mudar de ideia. Noah pode ir sem mim.

Mas, pensando bem, há outro motivo para eu querer fazer essa viagem. E o valor da reserva não é reembolsável.

Juntas, Penny e eu damos um jeito de soltar Emma do meu quadril, em grande parte diante da promessa de muito, muito sorvete. Colocamos a bagagem das crianças no porta-malas, e elas estão prontas para partir. Sinto uma pontada de tristeza, sabendo que vou passar uma semana inteira longe dos meus bebês. Embora a gente viaje todo ano, é sempre doloroso.

– Vou cuidar bem deles – promete Penny.

– Obrigada.

Sei que vai. Ela é tipo uma supermãe. Entre minhas constantes discussões com Noah e minha rotina atribuladíssima como professora de educação especial, às vezes sinto que não estou conseguindo ser mãe. Mas jamais abriria mão do meu trabalho: sou completamente apaixonada por ele.

– Aliás. – Ela abaixa um pouco a voz. – Você contou pro Noah...?

Dou uma olhada na direção de casa. Noah ainda está fazendo as malas lá em cima, no nosso quarto.

– Não. Ainda não.

Ela arregala os olhos.

– Claire, você tem que contar! Quando vai falar com ele?

– Logo, logo, tá? – Não quero falar da discussão besta por conta da camiseta dele. – Conto antes de chegarmos lá.

Ela me lança seu clássico olhar de "sou sua irmã mais velha e te conheço bem". Odeio esse olhar. Principalmente porque ela tem razão. Noah e eu precisamos ter uma conversa o mais rápido possível. Não posso pegá-lo de surpresa nisso.

– Vou falar com ele assim que entrarmos no carro – garanto. – Antes de chegarmos na Lindsay.

É, essa viagem vai ser mesmo interessante.

Dou um abraço de despedida em Penny e me abaixo para dar um último beijo nas crianças no banco de trás. Emma se agarra em mim com muita força. Por que não consigo afastar essa sensação de mal-estar? Desde que nos casamos, todos os anos fazemos uma viagem semelhante. É a primeira vez que tenho um sentimento tão ruim em relação a isso.

Foi só um sonho bobo da Emma. Sei que é ridículo, mas está pesando na minha consciência. Preciso tirar isso da cabeça. Antes que acabe arruinando a semana.

TRÊS
CLAIRE

Vamos viajar na minha minivan prata, pois ela comporta nós seis. Noah disse que eu estava sendo ridícula quando comprei a minivan, mas estou sempre dando carona às pessoas, então é muito útil. Há três fileiras de assentos, assim as crianças não precisam ficar amontoadas. Eu amo. Como sempre, Noah estava totalmente errado.

Removo a cadeirinha de Emma para que todos os adultos tenham espaço para se sentar. Ontem à noite limpei o carro, que estava vergonhosamente sujo. Como tantas batatas fritas tinham ido parar no banco de trás? E por que estava tudo tão *grudento*? Fiz o melhor que pude, mas provavelmente ainda restam algumas manchas pegajosas.

Cada um de nós leva uma mala, mas a minha tem o dobro do tamanho da de Noah e está quase explodindo de tão cheia. Ele a joga no bagageiro com tanta força que fico feliz por não estar levando nada frágil lá dentro. Decidiu descarregar na minha mala a raiva que tem de mim. Olhando pelo lado positivo, pelo menos ele se barbeou para a viagem.

– Pra que você precisa de tanta coisa? – resmunga ele. – Vamos ficar só uma semana fora.

Nunca levo pouca coisa na mala, isso é verdade. Mas estamos no final de junho, o que significa que o tempo pode ficar tanto gelado quanto sufocante. Tenho que estar preparada.

– Você também trouxe bastante coisa – respondo.

Noah coloca com cuidado sua nova caixa de equipamentos no banco de trás.

– Vou pescar. Preciso de suprimentos.

Claro. Há meses ele está animado para ir pescar.

– Ainda não consigo entender por que você fica tão animado pra passar horas sentado na frente de um lago. Parece uma tortura.

Ele dá de ombros.

– Eu só... preciso esvaziar a cabeça.

Tá bom então. Desde que não me chame para ir com ele. Se nós dois entrarmos em um barco dentro de um lago, tenho um mau pressentimento de que apenas um de nós voltará vivo.

Noah pega as chaves sobressalentes do carro no bolso da calça jeans e desliza para o banco do motorista. É uma atitude estranha, levando em conta que o carro é *meu*. Bato na janela do lado do motorista.

– O que você acha que tá fazendo?

– O que foi? Não estamos indo?

– Estamos, mas esse é o meu carro. Por que *você* vai dirigindo?

Ele me dá um olhar incisivo.

– Fala sério, Claire. Você tem esse carro há três anos, e ele já tem uns dez amassados.

Não é bem mentira. Mas não importa.

– Nem todos esses amassados são culpa minha.

– Se você diz.

Cerro os dentes, pensando se vale a pena brigar por isso. Não é que eu adore dirigir e esteja ansiosa para passar quatro horas ao volante. Mas por que ele sempre acha que é ele quem vai dirigir nas viagens longas? Pior ainda, depois ele vai reclamar que eu o obriguei a dirigir o trajeto inteiro e por isso está cansado e mal-humorado.

Se não tivéssemos dois filhos, eu terminaria tudo agora mesmo. Neste exato momento.

Por um segundo, deixo a imaginação rolar solta. *Noah, acabou.* Seria tão bom dizer essas palavras...

Em vez disso, eu me sento no banco do passageiro ao lado dele. Aliso o short rosa-claro que comprei na semana passada e que mostra o que ainda considero pernas bem bonitas. Não que Noah fosse notar. Antes ele se vestia bem quando saíamos juntos, mas agora se limita a jeans e camiseta. Embora eu admita que não ficam mal em sua estrutura sólida.

Ele ajeita os óculos no rosto e vira a cabeça para olhar para mim.

– Não vai ao banheiro?

– Não.

Ele franze a testa.

– Olha só, é melhor você ir agora. Não vou parar daqui a meia hora num posto de gasolina pra você poder ir.

– Tudo bem. Não vou precisar.

– Mesmo? Porque tenho a impressão de que sempre que você não vai pouco antes de sairmos, eu logo acabo tendo que parar.

Eu o encaro. Estamos mesmo tendo essa conversa? Não tenho 5 anos de idade.

– Noah, se estivesse precisando ir ao banheiro, eu iria. Não estou.

Ele me encara por um segundo e depois gira a chave na ignição.

– Você que sabe, Claire.

Eu me recosto no assento, furiosa, enquanto ele desce a rampa da garagem de ré com cuidado e segue na direção da casa de Lindsay. Depois de um minuto de silêncio, pressiona o botão para ligar o rádio, e a voz de Adam Levine recita a letra de uma música que já ouvi centenas de vezes.

Noah olha para a rua. Quando começamos a namorar, ele só usava óculos durante a aula e quando estava dirigindo. Nunca em nossos encontros. Ao longo dos últimos quinze anos, chegou ao ponto de usá-los o tempo todo. Diz que a visão piorou, mas não tenho certeza. Acho que é pelo mesmo motivo que não faz a barba quando não precisa ir para o trabalho. Tenho sorte de ele ainda se vestir ou tomar banho.

– Pedi quartos separados pra nós dois – digo num impulso.

Noah mete o pé no freio em um sinal vermelho. Ele se vira para me encarar, os olhos castanho-claros arregalados.

– *Como é que é?*

– Na pousada. – Desvio o olhar dele para o para-brisa. – Reservei quartos separados pra nós dois.

– Quartos separados? – Apesar de termos brigado sem parar a manhã inteira (caramba, o *ano* inteiro), ele parece magoado. – Mas... por quê?

– Bem... – Brinco com um fio solto na minha blusa. – Só pensei... Quer dizer, você ronca, Noah. E está sempre dizendo que eu me mexo demais enquanto durmo. Então pensei que pudéssemos dormir melhor em quartos separados. – Acrescento às pressas: – Só essa semana.

Dou uma olhada em Noah. Os olhos dele estão fixos na faixa de pedestres, e um músculo se contrai na mandíbula.

– Quer dizer – balbucio –, tem muitos casais que tiram férias *totalmente* separados. Não tem nada de errado nisso. Você sabe, um pouco de tempo longe. De qualquer maneira, você vai passar a maior parte do tempo pescando e vai ter que acordar cedíssimo...

O semáforo fica verde e Noah acelera com tanta força que minha cabeça dá um solavanco para trás.

– Aham. Já entendi.

– Então... tudo bem por você?

O músculo ainda está se contraindo em sua mandíbula.

– Claro. Quartos separados. Perfeito. Talvez a gente nem tenha que se ver durante essa viagem.

– Noah...

Mas antes que eu possa dizer mais uma palavra, ele estica o braço e aumenta o volume do rádio o suficiente para abafar qualquer tentativa de conversa. Acho que já encerramos o assunto.

Ele não gostou. Sinceramente, eu achava que havia uma chance de ele ficar aliviado por não passarmos a semana inteira presos juntos em um quarto minúsculo. Pelo visto, não.

Mesmo assim, não vou voltar atrás. Faz um mês que estou ansiando por esses quartos separados. Talvez fosse melhor ter contado a ele antes, mas não queria ter que passar semanas lidando com seu mau humor. Tenho certeza de que, quando estivermos lá, ele vai se dar conta de que foi uma decisão sensata. E talvez no ano que vem a gente acabe tirando férias separados. Lindsay e eu poderíamos fazer aquela viagem ao Havaí da qual falamos há tanto tempo.

Ou talvez no ano que vem não estejamos mais juntos. Vai saber.

QUATRO
CLAIRE

Leva quase meia hora de carro da nossa casa em Castle Pines até o prédio de Lindsay em Denver, e durante esse tempo Noah e eu não trocamos uma única palavra. Ele nem sequer olha para mim.

Meu lado racional diz que deveríamos cancelar essa viagem. Ou, ao menos, eu deveria desistir de ir. Um trajeto de quatro horas já é ruim o suficiente, mas ter que passar uma semana *inteira* juntos sem nos escondermos atrás do trabalho e das crianças? Parece um inferno.

Por outro lado, tenho meus motivos para querer ir.

O plano é nos encontrarmos em frente ao prédio de Lindsay, por ser um local onde todo mundo consegue estacionar com facilidade durante a semana. Chegamos dez minutos antes, mas Lindsay já está do lado de fora do prédio com duas malas imensas, maiores do que a minha. Penso em comentar com Noah, mas decido não quebrar nosso pacto de silêncio.

Lindsay acena com entusiasmo quando vê a minivan. Ela está fantástica. O cabelo loiro está preso em um coque perfeitamente bagunçado, ela tem um ray-ban no rosto e uma calça jeans skinny enfiada no mais lindo par de botas de caminhada pretas. Gostaria de pensar que me mantive em boa forma desde a faculdade, mas, do nosso grupo, Lindsay é a única que parece *melhor* do que naquela época. É como se a bunda dela ficasse mais empinada a cada ano.

Olho de relance para Noah para ver se ele está dando uma espiada nela. Não está. Ainda está emburrado por causa dos quartos.

Abrimos o porta-malas para que Lindsay jogue a bagagem lá dentro; depois, ela desliza para a fileira do meio, bem atrás de mim. Damos um abraço rápido por cima do banco e Noah rompe o silêncio para cumprimentá-la. Embora conheça Lindsay há quase tanto tempo quanto eu, os dois não se abraçam. Noah não é o tipo de cara que sai por aí abraçando as pessoas a torto e a direito; abraços são reservados apenas para familiares próximos.

– Então! – digo. – Finalmente vamos conhecer o Warner! Que *máximo*!

A pele de porcelana de Lindsay irradia felicidade.

– Mal posso esperar pra que você conheça ele, Claire. Ele é... bem, ele é incrível. Acho mesmo que é a pessoa certa.

– Esse é o médico? – pergunta Noah.

Ele parece totalmente desinteressado, mas pelo menos está tentando ser educado.

Lindsay coloca uma mecha solta de seu cabelo loiro-acinzentado atrás da orelha.

– Ele é *cirurgião*.

Posso vê-lo olhando para ela pelo retrovisor.

– Que tipo de cirurgião?

– Cirurgião plástico. – Antes que Noah possa tecer qualquer comentário, ela logo acrescenta: – Mas ele não faz só plástica nos seios e liftings. Faz reconstruções faciais. Ele opera *milagres*. Vocês precisam ver o que os pacientes falam sobre ele na internet. – Ela se recosta no assento. – Mas ele não é nem um pouco vaidoso. É muito querido e pé no chão.

Dou uma piscadela para Lindsay.

– Bonito?

– Muito! – Ela dá uma risadinha. – E sabe qual é a melhor parte? Ele é de escorpião.

Noah solta uma bufada alta.

– *Essa* é a melhor parte?

Noah não acredita em horóscopo, signos nem qualquer coisa que não tenha evidências rigorosamente comprovadas. Também não tem nenhum pudor em dizer isso. Mas Lindsay não se importa. De acordo com ela, ele é um capricorniano clássico.

– É perfeito, porque sou virginiana – explica Lindsay a ele. – Virgem é um signo de terra, e nós somos os mais exigentes dos signos de terra. Mas os signos de água, como escorpião, nos suavizam e nos proporcionam uma válvula de escape emocional. – Ela lança um olhar sério para a gente. – É um equilíbrio muito poderoso.

– Entendi – murmura ele. – Então como é que um jovem escorpiano tão qualificado ainda tá solteiro?

Ela franze a testa.

– É uma história meio triste. O Warner viveu um relacionamento com uma mulher por sete anos, mas um ano atrás ela... morreu.

Cubro a boca com a mão.

– Ah, não, que horrível.

Ela assente, séria.

– Câncer. Foi muito difícil pra ele.

– Imagino...

– Então... estávamos meio que indo devagar. – Ela olha pela janela. – Mas as coisas estão ficando bem sérias agora. Ele até insinuou que andava pesquisando alianças outro dia.

– Uau! – digo com um suspiro. – Que incrível! Eu nem sabia direito se você queria se casar ou não.

– Eu também não – admite ela. – Mas o Warner é simplesmente incrível. Desde que a gente se conheceu, eu não consigo me imaginar com mais ninguém. Mas tenho certeza de que vocês sabem como é isso...

Respiro fundo. Olho de relance para Noah e fica claro que ele está pensando o mesmo que eu.

– Ah, olha ele lá! – grita Lindsay.

Levanto a cabeça e acompanho o olhar de Lindsay pela janela. Faz seis meses que ela me fala sobre esse cara, embora nunca tenha nos apresentado, e tem sido muito econômica nos detalhes. Minhas buscas na internet não resultaram em nada, e eu estava louca para conhecer o sujeito.

E agora que finalmente estou vendo Warner, bem...

Digamos que é exatamente o tipo de cara com quem eu imaginava que Lindsay acabaria decidindo se casar.

Em primeiro lugar, ele é lindo. Tanto que meu queixo cai um pouco. Não que Noah não tenha seus atributos (meu marido fica muito bonito nas raras ocasiões em que veste terno e gravata). Mas, com aquela aparência, Warner poderia ser uma estrela de cinema. Cabelos loiros queimados de sol, olhos azul-claros, músculos salientes visíveis sob a camiseta justa. E um furo no queixo. Lindsay adora furo no queixo. Ela tem uma teoria de que toda pessoa bonita de verdade tem um furo no queixo.

– Uau! – exclamo em voz alta.

– Né?! – Lindsay parece satisfeita com minha aprovação. – Ele não é gato?

Noah está revirando os olhos ao meu lado, mas até ele deve conseguir notar como Warner é lindo. Quando olho para Lindsay, vejo como está encantada. Ela sempre foi a pessoa mais exigente que conheço quando se trata de homens (inclusive largou vários bem razoáveis sem nenhum motivo aparente), mas tenho que admitir que ela sabia o que estava fazendo quando manteve a discrição. Ela gosta mesmo desse cara.

Outra coisa que reparei em Warner é que ele traz apenas uma mala. Pequena. Noah fez uma mala bem leve, mas esse cara ganha. Tudo o que ele tem é uma única e pequena bolsa de lona que parece comportar roupas para apenas um ou dois dias.

Lindsay abre a porta traseira e Warner entra. Ele exibe um sorriso que o faz parecer ainda mais atraente, se é que isso é possível. Estende a mão para mim; seu aperto é caloroso e firme. Se esse homem fosse meu cirurgião, eu teria a sensação de estar em mãos muito competentes. Ele poderia sugar a gordura dos meus pneuzinhos quando bem entendesse.

– Você deve ser a Claire – diz Warner. Sua voz tem um tom encorpado de barítono, que reverbera dentro do carro. – Ouvi falar muito de você.

– Coisas boas, espero!

Minha voz treme um pouco. Estou estranhamente nervosa.

– Só coisas boas.

Ele pisca para mim, o que me faz rir feito uma adolescente. Ele volta a atenção para Noah.

– Noah, certo?

Noah aperta sua mão estendida com muito menos entusiasmo.

– Prazer em te conhecer. Foi você quem recomendou a pousada, não foi?

Warner assente com entusiasmo.

– Já me hospedei lá várias vezes. Você vai adorar. É você que está a fim de pescar, não é?

Noah dá de ombros, apesar de ter passado a última semana falando só disso.

– Achei que valia a pena tentar.

– Lá é ótimo pra pescar. As trutas saltam pra fora d'água. Você vai adorar.

Lindsay pega a mão de Warner e desliza seus dedos nos dele. Ele sorri para ela com desejo no olhar. Os dois formam um casal muito lindo. Finjo que não estou olhando. Certamente não quero admitir que tudo isso faz meu peito queimar de inveja. Noah e eu éramos assim. Mas isso é apenas uma memória distante.

Enquanto Lindsay e Warner se aconchegam no banco de trás, fico olhando pela janela, me perguntando onde estão Jack e Michelle. Michelle é sempre muito pontual, mas Jack às vezes faz com que os dois se atrasem. Olho para o banco de trás, esperando que eles cheguem antes que Lindsay e Warner comecem a se pegar. Ele está acariciando o queixo dela, e temo que não estejam muito longe disso.

– Então, como foi mesmo que vocês se conheceram? – pergunto.

Lindsay se afasta de Warner, os olhos brilhando.

– Ah, é uma história muito boa! Nós estávamos no supermercado. Eu tinha acabado de pagar e estava carregando duas sacolas de compras até o carro e, imagina só, o fundo de uma delas rasgou!

Warner contrai o canto dos lábios.

– Eles sempre entopem as sacolas naquele supermercado.

Ela inclina a cabeça com carinho na direção dele.

– Enfim, ele estava logo atrás de mim e me ajudou a levar tudo até o carro. – Ela dá uma risadinha. – Embora depois eu tenha descoberto que ele estava a caminho de uma cirurgia e acabou se atrasando por minha culpa!

Ele passa o braço ao redor dela e a puxa para mais perto.

– Era só um silicone. Não um caso de vida ou morte.

Lindsay está radiante. Ela ama essas histórias românticas. Sempre teve certeza de que nenhum de seus relacionamentos anteriores deu certo porque a história sobre como se conheceram não era boa. Agora, finalmente, ela tem seu grande primeiro encontro.

Por um segundo, percebo o sorriso malicioso de Noah, mas ele logo desvia o olhar. Noah e eu não temos uma grande história sobre nosso primeiro encontro. Nós nos conhecemos porque ele era meu vizinho de dormitório no primeiro ano da faculdade. Não chegamos a ser apresentados, mas nos esbarramos muito na primeira metade do ano.

Ele sempre me ajudava a carregar pacotes pesados até meu quarto. Acho que isso tem um quê de romântico. Em geral, depois que ele me ajudava com os pacotes, conversávamos um pouco no meu quarto. Um dia, ele tinha acabado de carregar um pacote que minha mãe enviara e, depois de colocar a caixa na mesa, esfregou a nuca e me deu um sorriso torto.

– Quer ir jantar? – perguntou.

– Tailandês? – rebati.

– Ótimo!

Só mais tarde descobri que ele odeia comida tailandesa.

Na época, eu não estava em busca de nenhum tipo de relacionamento. Tinha tido um namorado sério no ano anterior, mas ele terminou tudo do nada depois que o peguei me traindo. Na verdade, estávamos pensando em voltar depois do verão, mas então descobri que ele se afogou de maneira trágica quando estava em um curso de verão, e toda a experiência me deixou abalada e relutante em me envolver com alguém outra vez. Mas Noah e eu nos divertimos muito no jantar. Sempre soube que ele era inteligente, mas não sabia quanto era engraçado. E bonito. Mesmo assim, achei que éramos apenas amigos. Até que ele me acompanhou de volta e me beijou em frente ao dormitório.

Eu me lembro de ter ficado surpresa ao perceber como ele beijava bem. Eu já havia beijado alguns garotos antes, e sempre foi bom, mas com Noah foi outro nível. Até aquela noite, eu o considerava meu vizinho meio bobo, então foi uma surpresa extremamente agradável. E a maneira como ele me olhou quando se afastou... Naquele momento entendi que, se ele me convidasse para sair uma segunda vez, eu diria sim.

Olho para o Noah de agora. Quando foi a última vez que ele me beijou desse jeito? Não consigo nem lembrar. Tenho certeza de que isso nunca mais vai acontecer.

Uma batida na janela do lado do passageiro me tira dos meus pensamentos. Jack e Michelle Alpert estão bem do lado de fora do carro, tentando chamar nossa atenção. Jack está acenando sem parar. Então ele articula "desculpa" com os lábios.

Finalmente! Estão quase dez minutos atrasados.

Noah destranca a porta de trás e Jack a abre com força.

– Vocês estão atrasados – diz Noah.

– Bom te ver também, amigo – responde Jack.

Noah precisa descer para ajudar os dois a colocar a bagagem no porta-malas. Noah e Jack costumam fazer muita piada quando estão juntos, mas Noah parece tenso demais para isso agora. Assim como Lindsay e eu, Noah e Jack foram colegas de quarto na faculdade. É o tipo de situação em que os opostos se atraem, porque os dois são muito diferentes. Noah era o nerd da física, enquanto Jack tinha cabelo comprido e tocava violão. Quando ele dedilhava o instrumento, cantando músicas antigas dos Beatles, eu ficava de pernas bambas. Mesmo agora, ele tem a mesma aparência rústica: seu cabelo ainda é desgrenhado em comparação com o de Noah e de Warner, e as mãos são calejadas pelo trabalho manual e por tocar violão.

Algo que nunca contei a Noah é que, entre os dois rapazes bonitos que eram meus vizinhos durante o primeiro ano da faculdade, *Jack* era quem eu esperava que me convidasse para sair. E, mais tarde, em uma festa em que nós dois bebemos demais, Jack admitiu que queria me convidar para sair, mas deu para trás e Noah acabou chegando primeiro. Enquanto tomávamos rum e Coca-Cola, ele sorriu e perguntou se eu achava que havia alguma chance de querer trocar de namorado.

Estava meio bêbada, mas mesmo assim eu disse que não. Não estava interessada em trocar. De jeito nenhum. Eu amava *Noah*. Naquele momento, embora estivéssemos namorando há apenas alguns meses, estava começando a achar que ele era o homem com quem queria passar o resto da minha vida.

Que erro.

Michelle desliza primeiro para o banco de trás. Seus cabelos pretos estão presos em um coque impecável e ela está usando uma camiseta branca justa que parece ter sido passada a ferro hoje de manhã. Acho que nunca a vi com um fio de cabelo fora do lugar. Ela trabalha como advogada de família e há rumores de que é a melhor em divórcios de toda Denver. Se Noah e eu acabarmos indo por esse caminho, será uma corrida para ver qual de nós conseguirá contratar seus serviços. Ela é o oposto de Jack em muitos aspectos, mas eles sempre pareceram felizes juntos.

Talvez seja porque não têm filhos. De acordo com Jack, Michelle nunca teve interesse no assunto. Por isso, nunca tiveram uma única discussão às duas da manhã para decidir de quem era a vez de levantar com o bebê que chorava. Ou a briga número 179 sobre quem trocaria a fralda suja de cocô.

– Desculpem o atraso. – Michelle cruza as pernas e lança um olhar para Jack. – Peguei esse aqui tentando colocar uma *arma* na mala.

– Jack! – exclama Lindsay, sobressaltada.

– Meu Deus do céu. – Jack passa a mão nos cabelos escuros desgrenhados. – Eu não ia trazer um revólver ou coisa assim. Era uma *espingarda*. Ouvi dizer que lá tem um lugar onde dá pra caçar.

– Isso não melhora a situação, Jack – diz Michelle com firmeza.

Sinto pena dele, tentando se sair melhor do que ela em uma discussão. Deve ser impossível.

– Caçar é uma barbaridade – comenta Lindsay, torcendo o nariz.

Jack faz uma careta para ela.

– Você come carne, né, Lindsay? Como acha que ela chega no seu prato? Acha que os bichos morrem de causas naturais?

– É diferente quando se está caçando – retruca Lindsay. – Já viu *Bambi*? Lembra quando o caçador atira na mãe dele? É isso que você quer, Jack? Ser o cara que mata a mãe do Bambi?

Jack dá um sorrisinho.

– Não se engane. Se um veado tivesse oportunidade, mataria você e todas as pessoas de quem você gosta.

Michelle dá um tapão nas costelas de Jack e ele grita de dor.

– Achei que pudesse ser algo pra fazermos juntos, Michelle.

– Você *sabe* que tenho uma tonelada de trabalho para fazer durante essa viagem – diz Michelle com um suspiro. – Vou ter sorte se conseguir sair do quarto em algum momento que não seja para comer. Mas, mesmo assim, eu *jamais* iria caçar. Jamais.

E agora todos estão encarando Jack.

– Olha só – esclarece ele –, eu não trouxe a arma. Não vou matar a mãe do Bambi. Vamos indo.

– Ótima ideia – concorda Noah.

E, mais uma vez, ele acelera com tanta força que meu pescoço dá um solavanco para trás.

CINCO
ANÔNIMO

A coisa da qual mais me lembro da minha infância é o carro da minha mãe.

Era um Dodge verde com um longo arranhão no lado do passageiro e um amassado enorme no para-lama da frente. Ela o comprou usado, nem me lembro quando; aquele carro era mais velho do que eu. Ela costumava me contar que meu pai foi com ela a um pátio cheio de carros usados e negociou com o vendedor esquálido na tentativa de conseguir um bom preço. Meu pai também era vendedor, por isso conhecia os truques. Também é por isso que ele viajava tanto.

Meu pai comprou uma cadeirinha para colocar no banco de trás quando eu era criança. Ele fazia muita questão de me prender nela.

– Tá bem confortável e em segurança aí atrás? – dizia ele.

Mas quando meu pai viajava, minha mãe ficava deprimida. Não queria nem saber se estava tudo bem preso e seguro. Quando saíamos, ela dizia para eu sentar no banco de trás e me dava dez segundos para colocar o cinto de segurança. Se o cinto não estivesse afivelado até lá, que pena. Você acha que eu tenho tempo para ficar esperando o dia todo até você colocar esse cinto?

Na maioria das vezes, ela me levava ao supermercado. Não me levava à casa de amigos, a parquinhos nem a qualquer lugar divertido. Apenas ao supermercado. Ou ao posto de gasolina.

Quando eu tinha 4 anos, uma vez que meu pai estava fora, ela me levou para passear de carro. Eu não conseguia afivelar o assento do carro sem ajuda, então só me sentei com ele por cima do corpo, atrás do banco do motorista. A correia do cinto de segurança passou por cima do meu pescoço e cortou a pele. Eu sabia que era melhor não reclamar.

Quando chegamos ao supermercado, fui me levantar para ir atrás dela, mas ela balançou a cabeça.

– Só preciso comprar umas coisas – disse ela enquanto pendurava sua grande bolsa roxa no ombro. – Fica no carro. Não preciso de você me atrasando.

Em seguida, ela fechou a porta do carro comigo dentro.

Ela já havia me deixado no carro antes. Várias vezes. Mas naquele dia estava quente. Quente o bastante para que todos na rua estivessem de bermuda e regata, se abanando enquanto falavam sobre como estava quente.

Quando minha mãe estava no carro, o ar-condicionado ficava ligado. Mal dava para sentir no banco de trás, mas estava circulando. Infelizmente, depois que ela desligou o motor, a temperatura do carro começou a subir.

No início não estava tão ruim. Quente, mas eu não me importava. Depois ficou mais quente. Tanto que era difícil respirar. Sabe por que é difícil respirar quando está quente? O calor faz com que as moléculas se dispersem, de modo que cada respiração absorve menos oxigênio.

Eu estava sufocando.

Ela disse que voltaria logo. Enquanto eu esperava, ficou claro que a visita ao supermercado não seria rápida, como ela prometeu. Mas, se eu saísse do carro, haveria consequências. Consequências ruins.

Então fiquei lá, com o suor escorrendo pela testa. E meus olhos se fecharam.

Batidas na minha janela me acordaram. Era uma mulher mais ou menos da idade da minha mãe. Levantei a cabeça e abri e fechei os olhos cansados. A mulher estava gritando.

– Você tá bem? Consegue abrir a porta?

Eu não sabia o que fazer. Minha mãe ficaria brava se eu abrisse a porta. Mas a mulher continuava batendo na janela. Minha cabeça doía. Então destranquei o carro e, quando dei por mim, a mulher estava puxando a porta com força.

Embora estivesse pelo menos trinta graus do lado de fora, foi muito bom sentir o ar fresco. Tomei um gole de ar.

– *Ai, meu Deus* – *dizia a mulher enquanto soltava meu cinto de segurança e me tirava do carro. Eu era bem leve, mesmo para minha idade, e ela me levantou com facilidade.* – *Você tá bem? Consegue falar?*

Havia preocupação em seus olhos. Eu nunca via aquela expressão na minha mãe. Era uma pena que aquela mulher não pudesse me levar para casa. Ela podia ser minha mãe.

– Eu tô bem.

– *Que porra é essa, o que você pensa que tá fazendo?* – *A voz da minha mãe soou no estacionamento.* – *O que você tá fazendo com a minha criança?*

Minha mãe e a mulher começaram a gritar uma com a outra. A mulher dizia que eu poderia ter morrido. Minha mãe a mandou cuidar da própria vida. A mulher disse que ia denunciar minha mãe. Por fim, minha mãe me empurrou de volta para o Dodge e partimos antes que eu tivesse a oportunidade de colocar o cinto de segurança outra vez.

– *Por que você destrancou a porta?* – *disparou ela.*

– Tava quente.

– *Bom, espero que tenha valido a pena. Agora ela vai me denunciar por ser uma péssima mãe e vão tirar você da gente. Vão te mandar pra um lar adotivo. Você nunca mais vai ver nem eu nem seu pai.*

A ideia de nunca mais ver minha mãe não era tão ruim. Mas a ideia de nunca mais ver meu pai me deu enjoo. Tanto que tive que fazer minha mãe encostar o carro para que eu pudesse vomitar.

SEIS
CLAIRE

Eis o meu dilema:

Preciso fazer xixi. Urgente. Mas não passou nem uma hora de viagem. Antes de sairmos de casa, Noah fez a maior cena dizendo que eu deveria ir ao banheiro, e respondi que eu não era uma criança que precisava ser instruída a fazer xixi antes de viajar. Mantive a dignidade, mas agora parece que o preço vai ser alto. Fico preocupada que um espirro mais forte possa resultar em uma tragédia.

Mas como vou pedir a ele que pare para eu usar o banheiro? Ele vai dizer "eu avisei". E não vai ser em tom de brincadeira. Vai dizer isso de um jeito grosseiro e condescendente na frente de quatro amigos meus. E vai passar as próximas horas falando disso, se não o resto da nossa vida.

Olho para o medidor de combustível. Está um pouco abaixo da metade. Talvez eu possa me aproveitar disso.

– Acho melhor a gente abastecer – anuncio.

Noah olha para o medidor de combustível com espanto.

– Do que você tá falando? Tem bastante gasolina. O tanque tá pela metade.

– Sim, já *esvaziou* metade. – Dou uma tossida. – E esse carro bebe muita gasolina. Você não sabe como é, Noah. Este é o *meu* carro.

Ele estreita os olhos para mim.

– Você precisa ir ao banheiro, né?

Solto um grunhido.

– Não sei do que você tá falando. Por que tá tão obcecado com as minhas necessidades fisiológicas?

– Porque... – Os nós de seus dedos ficam brancos no volante. – Mal entramos na estrada e já vamos ter que parar. Eu te *falei* pra ir no banheiro antes da gente sair. Você *sempre* faz isso.

– Mas não preciso ir ao banheiro. Acho que a gente deveria abastecer, só isso.

– A gente pode abastecer daqui a uma ou duas horas quando pararmos pra almoçar.

Uma ou duas horas? Minha bexiga vai ter explodido até lá. Por que bebi tanta água no café da manhã?

– A gente não quer ficar sem gasolina no meio da estrada. – Aponto para uma placa. – Tem uma parada ali na frente. Vamos abastecer.

– Então, se eu parar pra abastecer – diz ele –, você vai ficar no carro e não vai ao banheiro? É isso que você tá me dizendo?

– Bem... – Não posso mentir e fingir que não vou usar o banheiro. Porque ele vai ficar de olho em mim e garantir que eu não vá. Vai chegar a esse ponto, só de pirraça. – Talvez eu vá se a gente parar...

– Você é cheia de papinho furado, Claire.

Embora Rihanna esteja cantando no rádio, o restante do carro está em silêncio. Todo mundo está ouvindo essa discussão constrangedora. Se não estivéssemos viajando a mais de 110 quilômetros por hora, eu abriria a porta e pularia para fora do carro agora mesmo.

– Na verdade – diz Lindsay, baixinho –, eu preciso ir ao banheiro. Podemos parar?

Pelo menos Lindsay me dá cobertura. Noah dá uma olhada por cima do ombro e resmunga:

– Tá.

Em seguida, cruza três pistas da rodovia de uma só vez, resultando em uma quase colisão e uma série de buzinadas furiosas. Pelo visto, Noah está tentando matar todos nós durante essa viagem.

Deixo Lindsay ir primeiro, só para fingir que não *preciso* fazer xixi, embora esteja cruzando as pernas enquanto espero do lado de fora do banheiro químico atrás do posto de gasolina. Passei todo esse tempo irritada com Noah. Mal completamos uma hora de viagem e ele já está dificultando para todo mundo. Isso foi um erro: jamais deveria ter concordado com essa viagem. Mas graças a Deus estaremos em quartos separados. Embora ele pareça irritado com isso, nunca me senti tão feliz com uma decisão.

Quando saio do banheiro, Jack está esperando do lado de fora. Ele está digitando algo no celular e tira uma mecha do cabelo escuro e desgrenhado dos olhos. A barba começa a despontar no rosto e combina com ele (sempre gostei de como ele fica com a barba meio por fazer). Quando me vê, ergue os olhos castanhos de cachorrinho.

– Oi – diz ele.

– Oi – respondo.

Ele enfia o celular no bolso da calça jeans.

– Você tá bem, Claire?

Baixo os olhos.

– Tô.

Ele dá uma olhada ao redor. O banheiro químico fica atrás da loja de conveniência do posto de gasolina, longe da visão das bombas de combustível. Minha minivan não está à vista. Todo mundo já deve ter voltado para o carro. Ou talvez estejam comprando lanches para a viagem.

– Ele foi totalmente babaca com você – comenta Jack.

– Foi mesmo – concordo.

Embora Lindsay também tenha me lançado um olhar de solidariedade, é bom ouvir outra pessoa dizer isso em voz alta. Às vezes fico me perguntando se sou parcialmente culpada pela maneira como Noah se comporta. Mas não. Não fui eu quem provocou o que ele fez no carro. Ele estava sendo babaca comigo sem motivo.

– Sinto muito que você tenha que lidar com isso – diz ele. – O Noah não era assim. Ele mudou.

Eu assinto. Jack conhece meu marido quase tão bem quanto eu. Afinal de contas, os dois moravam juntos antes de eu ir morar com ele. Quando tínhamos 20 e poucos anos, Noah não tinha nenhum amigo mais próximo do que Jack. Mas, nos últimos anos, eles se distanciaram. Desde que Emma nasceu, dá para contar nos dedos das mãos quantas vezes jantamos juntos.

– Você não merece ser tratada desse jeito – diz ele.

Minha respiração fica presa na garganta quando ele dá um passo na minha direção.

– Bom, o que eu posso fazer?

Ele balança a cabeça.

– Eu gostaria que pudesse ser diferente.

– Eu também. – Minha voz está trêmula. – Você não faz ideia.

Ele dá mais um passo na minha direção e, dessa vez, aproxima os lábios dos meus. Eu me desmancho toda, permitindo que me pressione contra a parede de tijolos irregulares da loja de conveniência.

– Você pegou o quarto separado? – pergunta ele, respirando no meu ouvido.

– Claro que peguei.

– Perfeito. – Ele sorri para mim, com os olhos brilhando. – Vai ser uma semana maravilhosa. Vou fazer você esquecer Noah completamente.

E, apesar de todo mundo estar esperando a gente no carro, deixo que ele me beije de novo.

SETE
CLAIRE

Agora você acha que eu sou uma pessoa horrível.

Eu também me acho uma pessoa horrível. Que tipo de ser humano decente faz algo desse tipo? Não só estou traindo meu marido; estou traindo meu marido com o melhor amigo dele. Não é só cruel, é cruel no estilo vilão de desenho animado.

A melhor coisa que posso dizer é que nenhum de nós dois teve a intenção. Foi uma coisa da vida.

Tudo começou em fevereiro. Jack tem uma empreiteira, e queríamos reformar nossa cozinha. Por ser um dos nossos amigos mais antigos, Jack cobrou da gente o valor especial. A obra deveria ter terminado durante o recesso de fim de ano da minha escola, mas nessa época ele ainda estava no meio do serviço. As crianças estavam em um acampamento de inverno, e eu ficaria presa em casa enquanto a obra estivesse em andamento.

Estava apenas tentando ser simpática (juro). Oferecia água ou café. E então conversávamos enquanto ele trabalhava. Comecei a falar sobre mim e Noah, e sobre como as coisas andavam péssimas ultimamente. Sempre achei que Jack e Michelle tinham um casamento de conto de fadas, mas ele disse que não era bem assim. Revelou que nos últimos tempos ela havia se tornado fria e distante e que passava praticamente o tempo todo trabalhando. Ela deixou bem claro para ele que o trabalho era sua prioridade número um. Ele ficava em um distante segundo lugar.

No último dia do recesso, Jack me beijou.

Ninguém além de Noah havia me tocado daquela maneira desde que eu tinha 20 anos. E o próprio Noah não me tocava daquele jeito havia muito tempo. Comecei a pensar que estava morta por dentro, mas aquele beijo me mostrou que eu estava errada.

Eu não estava morta. Mas Noah estava me matando.

Assim, ao longo dos últimos quatro meses, temos nos encontrado às escondidas. Jack tem uma agenda flexível, então pode aparecer depois do horário escolar, quando as crianças estão em suas atividades extracurriculares. A casa dele está sempre vazia, já que Michelle passa o tempo inteiro no escritório. Foi quase fácil demais para nós dois.

Estou me apaixonando por Jack e acho que ele sente o mesmo em relação a mim. Mas não há nada que possamos fazer a respeito. Se eu deixasse Noah nessas circunstâncias, seria um divórcio horroroso e confuso. Não quero fazer isso com as crianças. E se Jack deixasse a esposa advogada especialista em divórcios em *qualquer* circunstância, ela acabaria com ele.

Então nos contentamos com esses pequenos momentos que temos juntos. E sabemos que essa história não tem como durar para sempre, por isso estamos tentando aproveitar enquanto dá.

Deixo que Jack me beije por cerca de quinze segundos e depois o afasto delicadamente.

– Temos que voltar pro carro.

– É. – Ele levanta uma sobrancelha de forma sugestiva. – Mal posso esperar pra ficar sozinho com você.

– Eu também.

Uma fantasia invade minha mente. E se Jack e eu pegássemos um Uber e fôssemos embora juntos agora mesmo, sem olhar para trás? Bem, é óbvio que eu voltaria para buscar meus filhos, mas poderíamos desaparecer pelo menos por uma semana. Daria tudo para me livrar dessa viagem tóxica. Mas, obviamente, não é possível.

– É melhor a gente ir – digo, por fim.

Saio primeiro, para não parecer suspeito. Noah está do lado de fora da minivan e ergue os olhos afiados quando me vê. Tem uma expressão indecifrável no rosto, e, por um segundo, sinto meu estômago gelar. Será que ele está desconfiado?

Não quero que Noah saiba. É bem possível que ele esteja me traindo também, e essa ideia nem me incomoda. Mas o fato de envolver Jack... Essa é a parte que acho que acabaria com ele. Seu melhor amigo. Um de seus únicos amigos. Homens já enlouqueceram por causa de traições menores.

– Já terminou de usar o banheiro? – pergunta ele.

– Já terminou de abastecer? – retruco.

– Aham.

Jack sai dos fundos da loja de conveniência, assobiando consigo mesmo uma melodia qualquer. É hora de voltar para a estrada. Eu me preparo e entro no carro.

Está sufocante ali dentro. Abro a janela e tenho vontade de colocar o rosto para fora. Estamos apenas no final de junho, mas o dia está muito quente. Se não refrescar, não vamos poder fazer muita coisa ao ar livre durante a viagem.

– Fecha a janela – diz Noah.

– Tá abafado aqui dentro.

– Eu liguei o ar-condicionado.

– Bom, ainda não tô sentindo. Quando melhorar, eu fecho.

– O carro nunca vai refrescar se você ficar com a janela tão aberta. Não é possível que eu precise explicar isso pra você.

Sinto um nó na garganta. Acho que não tinha percebido como as coisas estavam ruins entre mim e Noah até essa viagem. Quero esticar os braços e estrangulá-lo agora mesmo.

– Pessoal, escuta. – O tom de barítono de Warner interrompe meus pensamentos assassinos. – Só pra avisar que imprimi uns mapas pra nos ajudar a encontrar o local.

Lindsay abre um sorriso radiante para ele.

– Você tá sempre tão preparado!

Noah dá uma olhada para trás e depois toca na tela de navegação no painel da minivan.

– Não precisa. Eu liguei o GPS.

– É, mas podemos ficar sem sinal quando estivermos mais perto. É que fica no meio do nada.

Pela primeira vez durante essa viagem, Noah parece desconfortável. Eu me lembro de nossos tempos de faculdade, antes de termos GPS, como ele ficava frustrado quando a gente se perdia.

– Você acha que vamos ficar sem sinal? – pergunta ele.

– Preciso ter acesso à internet! – dispara Michelle. Ela parece um pouco descontrolada. – Tenho muito trabalho pra fazer! Não posso ficar isolada do mundo.

– A pousada tem wi-fi – garante Warner, sem perder a compostura em suas feições perfeitas. – Mas o sinal é instável lá na região. Achei que seria mais seguro imprimir alguns mapas.

– Vai dar tudo certo, Noah – assegura Jack. – Sou ótimo com mapas. Tenho até uma bússola na mala. Foi uma das coisas que aprendi quando era...

– Escoteiro – conclui Noah. – Aham. Eu lembro.

No entanto, a previsão de Warner quanto à perda do sinal da internet me deixa ansiosa. Não quero ficar sem acesso ao meu telefone. E se Penny precisar ligar para falar sobre as crianças? Emma já não está lidando bem com a situação, e detesto a ideia de ela não poder entrar em contato com a gente. Logo envio uma mensagem para Penny:

> Só pra você saber, talvez a gente fique sem internet quando estivermos mais perto do hotel. Te ligo à noite.

Respiro fundo e tento relaxar. Não há nada que possamos fazer. Não vai demorar muito para chegarmos à pousada. Só preciso aguentar firme.

OITO
CLAIRE

Após quase duas horas na estrada, vemos uma placa indicando uma parada de descanso onde há um McDonald's e uma lanchonete mais tradicional. Estou a fim de comer batata frita gordurosa, mas fui vencida e acabamos na lanchonete. Mesmo assim, vou comer batata frita gordurosa. É a única maneira de aguentar o resto da viagem.

A lanchonete está surpreendentemente movimentada para uma parada de descanso. Há assentos alinhados às paredes, as mesas maiores no meio, e placas de trânsito engraçadinhas espalhadas por todos os lados. O lugar todo cheira a gordura e hambúrguer. Inspiro bem fundo, já decidida a comer um hambúrguer bem grande e suculento.

Enquanto os demais são conduzidos a uma mesa, Lindsay e eu vamos juntas ao banheiro para lavar as mãos. Pelo menos é o que dizemos, e eu de fato faço isso, já que ainda não lavei as mãos desde que fui ao banheiro químico. Mas Lindsay parece estar mais interessada em retocar a maquiagem. Ela lança um olhar julgador para o rosto refletido no espelho do banheiro, que é pelo menos duas vezes mais bonito do que o meu (muito mais, se for levar em conta as olheiras que tenho por conta de Emma se revirando na nossa cama a semana inteira). Não consigo imaginar o que Lindsay possa estar vendo no espelho que não a agrade.

Ela pega um batom rosa e aplica uma nova camada nos lábios. Sorri para mim pelo espelho.

– Então, o que você achou do Warner?

– Faz só algumas horas que a gente se conheceu – observo. Mal conversamos; é muito cedo para formar uma opinião. – Mas ele parece... legal.

– Gato, né? – diz ela.

– Sem dúvida. – Warner é muito mais do que "gato". – *Noah* é gato. Warner é lindo de morrer. Mesmo se eu fosse solteira, jamais pegaria um cara igual a ele. Nem mesmo iria querer. Todo mundo olharia pra gente pensando o que diabos ele estava fazendo *comigo*.

– Escuta... – Lindsay coloca a tampa de volta no batom e se vira para mim. Ela abaixa um pouco o tom de voz. – Tem uma coisa que é melhor eu te contar...

Ergo as sobrancelhas.

– O quê?

Lindsay abre a boca, mas, antes que possa dizer qualquer coisa, a porta do banheiro feminino se abre. É Michelle.

Michelle dá um passo para trás, mantendo os dedos na porta, como se não soubesse ao certo se deveria dar meia-volta e ir embora. Meio que torço para que ela faça isso, pois estou morrendo de vontade de saber o que Lindsay tem para me contar. Mas não dá para falar na frente de Michelle.

Quando Jack e Michelle começaram a namorar, Lindsay e eu nos esforçamos para fazer amizade com ela. Saímos as três para jantar algumas vezes, mas era óbvio que não nos dávamos bem. Eu também não gostava de como Michelle *sempre* dava um jeito de encontrar algum defeito no prato e devolvê-lo. Será que ela não sabe que o pessoal cospe na comida se fizer isso?

Mesmo assim, como Jack e Noah eram muito amigos, continuei tentando fazer um esforço para convidá-la para sair. Achava que se passássemos bastante tempo juntas, acabaríamos nos tornando amigas. Afinal, Jack gostava dela. Mas, depois de sairmos duas vezes, ela sempre arrumava uma desculpa para não ir. Quando perguntei com jeitinho para Jack sobre isso uma vez, ele murmurou algo sobre o fato de ela estar ocupada com o trabalho. Captei a dica.

E, claro, agora que estou dormindo com o marido dela, não é hora de começarmos a criar laços.

Os olhos afiados de Michelle oscilam entre mim e Lindsay. Mesmo de calça jeans e camiseta branca apertada, ela poderia estar a caminho do escritório. Não sei como consegue estar sempre tão bem-arrumada. Ela é cerca de cinco anos mais velha do que nós (tinha terminado a faculdade de Direito e já estava exercendo a profissão quando ela e Jack começaram a namorar), mas tem o tipo de aparência clássica que esconde a idade. Ela vai ser tão atraente aos 50 quanto era aos 25.

– Com licença – diz ela, enquanto se dirige à pia vazia.

Ficamos as três em um silêncio constrangedor enquanto Michelle ensaboa as mãos e depois as enxágua. Faz um serviço de limpeza extremamente minucioso. Fico pensando se ela canta "Parabéns pra você" na cabeça enquanto isso, como ensinamos às crianças na escola. Provavelmente não.

– É bom estar fora do carro, né? – digo, só para quebrar o silêncio.

Michelle ergue os olhos para me encarar, mas não diz nada. Por uma fração de segundo, fico me perguntando se ela sabe a verdade.

Mas não. Não sabe. Jack e eu somos cuidadosos.

– Adorei seus brincos – comenta Lindsay.

Michelle rapidamente toca sua orelha direita. Suas bochechas ficam rosadas de orgulho (Lindsay sempre sabe exatamente o que elogiar em alguém).

– Obrigada. Eram da minha mãe.

Esperamos um pouco para ver se Michelle vai fazer um elogio a alguma de nós. Não faz. Ainda bem, porque não seria sincero.

Quando voltamos ao restaurante, os homens estão sentados em uma mesa retangular para seis pessoas. Noah e Warner estão de um lado, com um assento vazio entre eles, que Lindsay logo ocupa. Jack está do outro lado, no meio. Michelle se senta de um lado dele e eu, do outro. Dos três casais, Noah e eu somos os únicos que não estamos sentados juntos. O que é ótimo para mim, porque não quero ficar perto dele agora.

– Tudo que tem no cardápio parece muito bom – diz Jack.

Seu tênis roça no meu enquanto ele me lança um olhar furtivo e cheio de significado. Vamos mesmo nos arriscar a brincar de pega-pega debaixo da mesa? Acho que sim.

Enquanto examina o cardápio, Lindsay brinca com uma mecha do cabelo loiro que se soltou do coque. Ela tem o cabelo mais bonito que já vi.

Sempre teve. É loiro-acinzentado, com mechas perfeitas e macio feito seda. Depois da formatura, ela tentou trabalhar com publicidade e finanças, mas no fim das contas acabou decidindo ser cabeleireira. É excelente nisso.

– Adoro os hambúrgueres dessas lanchonetes. – Lindsay inspira bem fundo. – Dá pra sentir o cheirinho deles fritando.

– Né?! – digo. – São sempre tão suculentos e fresquinhos.

Warner franze a testa.

– Você não vai comer hambúrguer, vai, Lindsay? Essas coisas têm umas mil calorias.

Pela primeira vez desde que conheci o namorado deus grego de Lindsay, fico com algum receio. Será que ele está mesmo tentando controlar o que ela come? Tento chamar a atenção de Lindsay, mas ela está olhando para o cardápio.

– Lindsay e eu estamos treinando pra correr uma maratona no mês que vem – explica Warner. – Precisamos nos manter em forma.

– Uma maratona? – Meu queixo cai. – Lindsay, *você* vai correr uma maratona?

Ela sorri, mas parece forçado.

– Sim, sim! Estamos muito animados!

Warner passa o braço em volta dos ombros estreitos dela.

– A Lindsay tá indo muito bem nos treinos. Ela é uma potência!

Isso não é nem um pouco a cara da minha melhor amiga. Lindsay faz pilates, não corre maratonas. Ela odeia suar. E, de qualquer forma, não precisa vigiar o que come. Está em excelente forma.

Peço o hambúrguer gorduroso com batata frita, e o melhor que posso dizer é que não recebo nenhum comentário negativo de Noah. Ele também pede um:

– Malpassado. Sangrento. Quem sabe até mugindo ainda.

Warner pede um sanduíche de peru – sem maionese (pelo menos ele não é hipócrita). E Lindsay uma salada – sem molho.

Logo após fazermos nossos pedidos, Michelle olha para o relógio. Toda vez que nos vemos ela parece estar com pressa. Juro que ela olhou para o relógio três vezes desde que entramos aqui.

– As coisas estão agitadas no trabalho, Michelle? – pergunto com educação.

Ela dá um sorriso tenso.

– Sempre. Mas, sim, tem sido mais agitado ultimamente. – Ela dá risada. – As pessoas odeiam mesmo seus cônjuges.

– O que você faz, Michelle? – pergunta Warner.

Ela brinca com o guardanapo à sua frente.

– Sou advogada, especialista em divórcios.

– Ah, é? – Warner contrai os lábios. – Você deve ver umas coisas bem bizarras.

Ela abre um leve sorriso.

– Você é divorciado?

É uma pergunta um tanto pessoal para alguém que ela acabou de conhecer, mas Michelle é sempre direta. De qualquer forma, Warner não parece incomodado.

– Não – responde ele. – Quando eu me casar, vai ser pra sempre.

E Lindsay se alegra. Meu Deus, ela está de quatro por esse cara.

– Que lindo. Para o seu bem, espero que esteja certo. – Ela balança a cabeça. – Infelizmente, a maioria das pessoas não tem tanta sorte.

Evito olhar para Noah. Não quero dar a entender que a fala de Michelle tocou em um ponto sensível.

– Tenho uma cliente… – Ela faz uma pausa, sem saber se deve continuar. – A história é meio longa.

– Conta! – exige Lindsay. Ela apoia a mão no antebraço de Warner, coberto de pelos dourados. – A Michelle tem as *melhores* histórias.

Michelle sorri sem graça com mais um dos elogios bem colocados de Lindsay, ainda que saiba que os merece.

– Essa história é única! Minha cliente era casada com um cara rico que a traía sem parar, e a gente ia arrancar tudo dele. Tipo, o cara ia ter que morar no *carro* depois disso.

Jack e eu trocamos um olhar rápido. Não resta dúvida de que, se em algum momento decidisse deixar Michelle, ele teria sorte se conseguisse ficar com o carro. Teria que morar em uma caixa de papelão. E não seria uma das boas.

– Enfim – diz Michelle –, o cara estava desesperado. Aí…

Respiro fundo.

– Aí…?

– Ele contratou um matador pra ir atrás dela.

Estamos todos com expressões idênticas de choque. Nada disso acontece na escola onde trabalho. Um dia emocionante é quando alguém leva um beliscão muito forte.

– Só que um vizinho conseguiu anotar a placa do carro do assassino – continua Michelle. – A polícia o encontrou e, em troca de imunidade, ele entregou o cara. Agora, em vez de morar no carro, o marido dela vai passar o resto da vida na cadeia.

Jack fica dois tons mais pálido. A verdade é que faz anos que ele quer se separar de Michelle. Percebeu há muito tempo que não foram feitos um para o outro. E sempre torceu para que ela mudasse de ideia sobre não querer filhos, só que ela já deixou claro que não vai acontecer.

Mas o que ele pode fazer? Na melhor das hipóteses, Michelle acabaria com ele.

E se ela descobrir que nós dois estamos tendo um caso? O que ela vai fazer nessa situação?

– Você trabalha com o quê, Warner? – pergunta Michelle.

– Sou cirurgião plástico – responde ele.

Michelle estala os dedos.

– O marido da minha cliente também era cirurgião plástico.

Warner ajeita a gola da camisa.

– Que coincidência interessante. Qual é o nome dele?

Ela dá uma piscadela para ele.

– Não posso compartilhar essa informação, infelizmente. Onde você trabalha?

– No St. Mary's.

Jack se inclina para a frente e seu joelho roça no meu.

– St. Mary's... Cara, meu amigo Buddy Levine é diretor de lá. Você deve conhecer o Buddy.

Warner assente vigorosamente.

– Mas é claro! Ótimo sujeito.

– Manda um abraço pra ele quando voltar ao trabalho!

Warner sorri.

– Pode deixar, Jack.

Quando ele sorri assim, fica tão bonito que quase preciso desviar os olhos. Lindsay está praticamente babando em cima dele, o que me incomoda. Nunca a vi tão apaixonada (ela costuma ser bem tranquila em relação ao sexo oposto) e não estou tão convencida de que isso seja uma coisa boa.

Warner vira seus olhos azuis vívidos na minha direção.

– A Lindsay me disse que você é professora, Claire.

Apesar das minhas reservas, sou obrigada a sorrir. Fico feliz por Lindsay conversar com seu novo namorado sobre o meu trabalho, e mais ainda por ele ser atencioso o suficiente para lembrar detalhes sobre os amigos dela. Esse é evidentemente um ponto a favor de Warner.

– Isso mesmo – respondo. – Sou professora de educação especial.

Warner dá um gole em seu copo d'água.

– Admiro muito pessoas como você. De verdade. Jamais conseguiria ser professor.

– Ah, é? Por quê? – digo.

– O salário é... – Ele balança a cabeça. – Pra um trabalho tão importante, é um crime que vocês recebam tão pouco.

– Bem... – Sinto meu sorriso vacilar; ele não está errado. – Seria ótimo se nos pagassem o que merecemos.

– E é tão *repetitivo*. – Ele estremece. – Acho que vocês, professores, merecem um prêmio pelo que fazem vocês passarem. Mesmo. Parabéns, Claire.

Paro um momento para assimilar o que ele diz. Ele está me fazendo um elogio, então acho que devo ficar lisonjeada. Mas não gosto que me digam que minha profissão é ruim. Principalmente porque sou apaixonada por ela.

– Pode ser um pouco repetitivo às vezes – admito. – Mas é muito gratificante. E todo trabalho acaba se tornando repetitivo depois de alguns anos.

Ele assente, pensativo.

– É, isso é verdade. Sinto que tenho muita sorte de estar em uma área que nunca se torna repetitiva.

Ergo uma sobrancelha.

– Você tá querendo dizer que mesmo depois de um tempo você não fica cansado de implantar silicone?

Ele exibe os dentes brancos e alinhados para mim. Espero que tenha usado aparelho quando criança, ou então a vida realmente não é justa.

– *Com certeza* nunca me canso de implantar silicone. Poderia fazer isso o dia inteiro. – Ele aperta os ombros de Lindsay com mais força. – Ouviu, né, Lindsay?

Sinto um calafrio. Ele está sugerindo que *Lindsay* precisa de plástica nos seios? Sem dúvida, não precisa. Fico esperando que Lindsay revire os olhos ou lhe dê uma cotovelada no peito, mas ela não faz isso. As bochechas ficam rosadas, e ela cruza os braços, envergonhada.

Esse cara pode ser muito bonito, mas estou começando a me perguntar se Lindsay está tentando ser alguém que não é só para impressioná-lo.

Quando a comida chega, pego meu hambúrguer e começo a comer praticamente antes de meu prato tocar a mesa. Há algo em longas viagens de carro que deixa a gente morrendo de fome. Olho de relance para Lindsay com sua saladinha triste. Nós duas *definitivamente* precisamos conversar mais tarde. Sei que ela afirma gostar do Warner, mas preciso ir mais fundo. Podemos fazer uma caminhada juntas, e aí ela me conta toda a história.

Fico imaginando o que ela queria me dizer no banheiro antes de Michelle nos interromper.

– Só um instantinho, moça – diz Michelle quando a garçonete está se preparando para ir embora.

A garçonete tira uma mecha de cabelo do rosto e dá a Michelle um sorriso cansado.

– Sim, querida?

Michelle afasta o prato com a ponta do dedo indicador.

– Eu pedi o hambúrguer ao ponto, mas esse aqui passou. E as batatas fritas estão queimadas.

Olho para as batatas fritas de Michelle. Não acho que estejam queimadas. Talvez um pouco crocantes, mas ainda deliciosas.

– Desculpa mesmo – diz a garçonete de pronto. Ela pega o prato de Michelle. – Vou trazer outro prato pra você agora mesmo.

Jack revira os olhos para mim tão depressa que tenho certeza de que ninguém mais na mesa vê. Ele não suporta quando Michelle devolve a comida. *Será que não tem uma maldita refeição em que ela não encontre problema no pedido?*

Meu celular vibra com uma mensagem de texto. Eu o tiro da bolsa e vejo que é de Penny:

A Emma ficou mais calma. Estão todos assistindo desenho animado e estou preparando macarrão pro almoço.

Sorrio com a mensagem. A comida favorita da Emma é macarrão. Se eu deixasse, ela provavelmente comeria macarrão em todas as refeições, inclusive no café da manhã.

– A Emma tá bem – digo a Noah.

Ele dá um grunhido com a boca cheia de hambúrguer.

– O que houve com a Emma? – pergunta Lindsay.

Ela é a madrinha dela, e as crianças a consideram da família.

– Ela sonhou que um monstro comia a gente – digo.

Lindsay cobre a boca com a mão.

– Ah, não! Tadinha...

– A culpa é da Claire – anuncia Noah à mesa. – Ela enche a cabeça da menina de bobagem e é isso que acontece.

Fico de queixo caído.

– A culpa é *minha*? Sou eu que encho a cabeça dela de *bobagem*?

Noah larga o hambúrguer pela metade e me encara do outro lado da mesa.

– Você não tá sendo sincera com eles. Quer dizer, se você fala pra eles que a fada do dente existe, por que eles não acreditariam em monstros?

Essa é uma discussão que Noah e eu já tivemos muitas vezes. Ele acredita piamente que a fada do dente, o coelhinho da Páscoa e até mesmo o Papai Noel não são coisas sobre as quais os pais devam mentir para os filhos. Mas detesto a ideia de que meus filhos sejam os únicos na escola que nunca acreditaram na magia do Papai Noel. Eu me lembro da primeira vez que Aidan perdeu um dente de leite e quando eu lhe disse que a fada do dente colocaria algo especial debaixo do travesseiro dele. Meu filho respondeu: "Eu sei que é você." Foi uma pancada no meu coração.

Aidan sempre foi mais pragmático, como o pai, mas Emma é diferente. Mesmo que Noah tenha lhe assegurado que nenhuma dessas coisas é real, ela secretamente ainda acredita que o Papai Noel desce pela chaminé na véspera de Natal. Amo isso nela.

– Não tem nada de errado em fingir que a fada do dente existe – afirmo. – Não faz mal nenhum a eles.

– Óbvio que faz. – Os olhos castanho-claros de Noah estão brilhando, mesmo por trás dos óculos. – Porque agora ela acha que um monstro vai comer a gente.

Apelo para o restante da mesa.

– Não acho que tenha nada de horrível em uma criança acreditar no Papai Noel. Ou tem?

– Eu adorava esperar o Papai Noel na véspera de Natal quando era criança – diz Lindsay com um suspiro. Sempre posso contar com ela para me defender. – Passava o ano todo esperando ansiosa.

– Mas é tudo *mentira*. – Noah franze a testa. – Desculpa, mas não consigo mentir descaradamente pros meus filhos. Eles merecem saber a verdade.

– É só uma tradição – argumenta Warner. – Não vejo nada de errado nisso.

Noah fica olhando para a gente, piscando.

– Então ninguém aqui tem problema nenhum em fazer crianças acreditarem que um homem obeso desce pela chaminé carregando um saco gigante de presentes? Ninguém mais se incomoda com isso?

– Caramba, Noah – diz Jack. – Quando foi que você virou o inimigo número 1 do Natal?

Acho que Noah vai passar a hora seguinte debatendo os malefícios do Papai Noel, mas, quando Jack diz isso, Noah joga a cabeça para trás como se tivesse levado um soco. Levanta-se de repente, deixando a comida pela metade. Pega a carteira, tira duas notas de 20 e larga em cima da mesa.

– Já acabei de comer. Vou esperar no carro – diz ele.

Quando Noah sai feito um furacão da lanchonete, sinto a mão de Jack pegar a minha debaixo da mesa. Ele dá um aperto com sua palma grande e quente. Mas isso não faz com que eu me sinta nem um pouco melhor.

– Eu... acho que vou tomar um pouco de ar – anuncio, engolindo em seco.

Eu me levanto com dificuldade e saio cambaleando da lanchonete. Vejo Noah perto da minivan, então vou na direção oposta. Há um cantinho atrás da lanchonete, silencioso e isolado. E cheirando levemente a lixo.

Respiro fundo, trêmula. Meus olhos estão lacrimejando e os enxugo com as costas da mão. Não quero chorar agora, porque meus olhos vão ficar vermelhos e inchados, e quando eu voltar para o carro todo mundo vai notar. Preciso manter a calma.

Mantenha a calma, Claire. Só mais algumas horas e você não vai precisar ver o Noah de novo pelo resto da viagem.

Não sei mais o que fazer. Achava que seria capaz de ficar com Noah por tempo suficiente para que as crianças estivessem pelo menos no ensino médio, mas não sei mais se isso é possível. Essa viagem abriu meus olhos. A gente se odeia.

Meu Deus, não sei o que fazer.

– Claire?

Lindsay está parada atrás de mim, com os lábios rosados franzidos. Achei que Jack fosse vir ver como eu estava, mas é claro que ele não poderia fazer isso. Não com Michelle sentada bem ali.

– Oi – digo.

Ela morde o lábio.

– Você tá bem?

Faço que sim com a cabeça, embora no fundo não esteja.

– Aham. Só precisava de um pouco de ar.

Lindsay abre a boca, mas não parece saber ao certo o que dizer. Ela acompanha essa relação desde que eu e Noah começamos a namorar. Costumava cachear meu cabelo com um modelador quando eu ia sair com ele. Confiei a ela alguns dos problemas que tive com Noah, mas dei uma minimizada. Não quero aborrecê-la com todos os problemas da minha vida conjugal. Ela não quer ouvir sobre a nossa milionésima briga por causa do papel higiênico.

Mas, quando finalmente fala, o que ela diz me surpreende:

– Eu vi você e o Jack no posto de gasolina.

Meu coração dispara. Será que ela está dizendo o que acho que está? Talvez não. Vou me fazer de desentendida.

– Do que... do que você tá falando?

O rosto dela perde a expressão.

– Você sabe do que eu tô falando. Eu vi vocês dois... você sabe, *se beijando*. Eu ia te contar no banheiro, mas aí a Michelle entrou e...

– Ah. – Baixo os olhos e chuto o chão com a ponta do tênis. – Entendi.

– Claire...

– Não fala nada. – Meus olhos se enchem de lágrimas de novo. – Você vê o jeito que ele me trata.

– Eu sei. – Ela se aproxima e posso sentir sua mão macia no meu ombro. – Eu não te julgo, de verdade. Ele é péssimo com você. Mas fazer isso com o *Jack*... tipo, ele é...

– Ele é o melhor amigo do Noah. Eu *sei*.

Lindsay se atira em mim, me envolvendo em um abraço. E isso basta: começo a soluçar. Estou sujando a regata da Lindsay com lágrimas e ranho, mas ela parece não se importar. Isso me faz perceber há quanto tempo não recebo um abraço bom de verdade.

Ficamos ali paradas por tempo demais até que eu finalmente me afasto. Posso dizer, sem me olhar no espelho, que meus olhos estão inchados.

– Me desculpa – digo.

– Pelo quê?

Balanço a cabeça.

– Sou uma pessoa horrível.

– Você não é uma pessoa horrível. – Lindsay tira uma mecha de cabelo molhado do meu rosto. – Mas se você quer se separar do Noah, então se separa. Não fica fazendo merda pelas costas dele.

– Você tem razão. – Aceito o lenço de papel amassado que Lindsay me entrega. – Não quero mesmo que ele descubra sobre mim e o Jack.

Ela inclina a cabeça para o lado.

– Será que ele já não sabe?

Meu coração afunda até o estômago.

– Você... você acha que ele sabe?

– Bem... – Ela alterna o peso do corpo entre uma bota e outra. – Acho. Acho, sim. Acho que ele sabe.

– Por quê?

– É só uma sensação que eu tenho. – Ela inclina a cabeça para olhar para a minivan. Noah está sentado lá dentro, no banco do motorista. Está apenas olhando para o para-brisa, imóvel. – Quer dizer, eu conheço o Noah há quinze anos e nunca o vi agir desse jeito antes. Ele costuma ser bastante equilibrado.

– É...

Ela tem razão. Recentemente, Noah se tornou mais agressivo quando se trata de ser desagradável comigo. As coisas vinham piorando aos poucos há tanto tempo que eu achava que isso fazia parte da trajetória. Mas talvez haja um motivo para ter piorado tanto ultimamente. Talvez ele saiba, sim.

Mais uma vez, tenho a forte sensação de que devo desistir da viagem nesse momento, enquanto ainda tenho chance. Por mais que esteja ansiosa para ter um quarto só para mim e Jack, não vale a pena correr o risco. Michelle pode descobrir. Noah pode descobrir, se é que já não sabe. E essa viagem parece estar colocando o último prego no caixão do nosso casamento.

Mas não sei como poderia voltar para casa a essa altura do caminho. Estamos dirigindo há duas horas, então não seria rápido voltar. Custaria um dinheirão.

Parece que não há saída. Essa viagem vai acontecer. Mas vou seguir o conselho de Lindsay. Assim que voltarmos a Castle Pines, vou dizer a Noah que acabou.

NOVE
CLAIRE

Preciso de toda a minha força de vontade para voltar à minivan e me sentar ao lado de Noah no banco do carona. Os outros já assumiram seus lugares atrás, e me sinto tentada a perguntar se algum deles gostaria de trocar comigo. Não quero ficar ao lado de Noah. Mas seria estranho dizer isso, então fico ali. E ele me olha como se quisesse ter ido embora sem mim.

Às vezes, olho em retrospecto e tento descobrir o momento exato em que nós dois começamos a nos odiar.

Como eu disse, nós nos amávamos quando nos casamos. Éramos um desses casais que nunca brigam. Tínhamos discussões insignificantes e bobas sobre… sei lá, talvez eu ter aumentado demais o aquecedor no inverno. Ou quando eu o pegava tomando leite direto da caixa (por que tem gente que faz isso?). Mas geralmente eram coisas que faziam a gente dar risada, mais uma brincadeira do que uma briga. Éramos pessoas tranquilas que odiavam brigar, e, às vezes, Noah murmurava algo sobre "não querer acabar como os pais".

Depois que Aidan nasceu, a vida ficou mais difícil. Estávamos animados para sermos pais, mas também assustados. Às vezes, Noah se sobressaltava no meio da noite e não conseguia voltar a dormir até ir ao berço de Aidan se certificar de que ele ainda estava vivo e respirando. Em outras ocasiões, tivemos discussões sérias para decidir de quem era a vez de trocar a fralda.

Noah criou uma folha de registro na geladeira para manter o controle, mas a jogou fora quando percebeu quanto estava ficando para trás.

Mesmo assim, sempre achei que éramos uma família feliz. Então veio a Emma.

Emma é maravilhosa. Não me entendam mal, amo minha filha mais do que a vida em si e faria qualquer coisa por ela. Mas ela não foi um bebê fácil. Tinha cólicas e a única coisa que fazia era berrar. Quer dizer, suponho que de vez em quando ela também dormisse e comesse, mas a sensação era de que ela passava 99% do tempo aos berros. Quando olho para trás, tudo que me lembro é de um bebê rosadinho com os olhos fechados, as mãos cerradas em punhos e a boca desdentada bem aberta gritando a plenos pulmões. E também tínhamos que lidar com outra criança ainda pequena. Os primeiros meses de vida de Emma foram como uma névoa de nós dois passando-a de um para o outro, tirando uma ou duas horas de sono sempre que conseguíamos.

Isso tudo foi possível enquanto eu estava de licença-maternidade. Mas o verão acabou, e tive que voltar ao trabalho. Emma estava dormindo um pouco melhor nessa época, mas não muito. Noah e eu dormíamos em turnos. Era terrível.

Em uma ocasião em particular, eu estava determinada a ter uma noite de sono minimamente decente porque tinha uma reunião importante no trabalho na manhã seguinte, na qual apresentaria ao conselho escolar o programa de educação especial da nossa escola. Era uma reunião muito, muito importante, e eu achava que não conseguiria encará-la depois de apenas uma hora de sono. Entupi Emma com duas mamadeiras de leite, torcendo para que ela capotasse, mas sabendo que era uma incógnita.

Contei a Noah sobre a reunião e enfatizei sua importância. Eu *precisava* ter uma noite de sono decente. Ele jurou que entendia. Então, quando Emma acordou gritando às duas da manhã, eu esperava que ele se levantasse para vê-la.

– Tô com dor de cabeça, Claire – murmurou ele contra o travesseiro. – Você não pode ir lá pegar ela?

Eu também estava com dor de cabeça. Naquela época, tinha dor de cabeça quase o tempo todo, além de olheiras gigantescas. Deixar de cumprir meus deveres de mãe nunca foi uma opção.

– Você sabe que tenho uma reunião importante amanhã.

Noah fechou os olhos. Depois de um longo minuto com os gritos de Emma aumentando de volume, ele levantou da cama. E bateu a porta ao sair do quarto.

Assim que os gritos diminuíram e comecei a pegar no sono outra vez, eles recomeçaram de repente. Alguns segundos depois, Noah voltou para o quarto. Ele se deitou na cama e cobriu a cabeça com o travesseiro.

– Não consigo lidar com ela – disse ele. – Você precisa resolver.

– Mas eu te falei que tenho uma reunião amanhã!

– Tudo bem, e eu tô com dor de cabeça. Não vou levantar.

E, para ele, era isso e ponto. Ele agia como se Emma fosse *minha* filha, como se estivesse me fazendo um *favor* ao tentar ajudar, mas, se não quisesse fazer isso, simplesmente não precisava. Eu me lembro de ficar olhando para ele no quarto escuro, esperando para ver se mudaria de ideia. Ele não se mexeu. Tive que me levantar e passar o resto da noite consolando Emma.

Ele nunca se desculpou por isso. Eu estava um lixo na reunião do dia seguinte, enquanto ele ficou dormindo até mais tarde depois que deixei Emma e Aidan na creche. Foi absurdamente injusto.

Depois disso, pareceu que entrávamos em guerra com cada vez mais frequência. Ele nunca fazia a parte dele quando se tratava das crianças e das tarefas domésticas e, o que é pior, sem o *menor* remorso. Dizia que eu passava o tempo inteiro reclamando dele. Paramos de fazer coisas juntos como família (eu preferia sair com as crianças sozinha para não ter que ficar assistindo enquanto ele mexia no celular em vez de conversar comigo). E nunca mais fizemos nada juntos como casal. Não me lembro da última vez que saímos juntos à noite. Por um tempo, fizemos um esforço para encontrar uma babá e sair, mas já nem sei quando foi a última vez que um de nós sugeriu isso.

Eu continuava dizendo a mim mesma que as coisas iriam melhorar à medida que as crianças crescessem. Mas os dois estão crescidos. E, no fim das contas, nosso casamento está desgastado demais para ser consertado.

E agora estamos presos juntos neste carro. Por *horas*. Essa se tornou a viagem de carro mais incômoda da história do planeta. Daria tudo para me livrar dessa situação. De vez em quando, ouço alguém falando lá atrás, mas, na maior parte do tempo, ficamos todos em um silêncio mortal. Estou tendo dificuldade em imaginar qualquer coisa que possa dizer que não resulte em uma briga entre mim e Noah, e não quero discutir com ele outra vez na frente de todos.

A essa altura, só quero que a semana chegue ao fim para poder dizer a ele que acabou. Espero que não contrate um matador para vir atrás de mim, mas eu não me surpreenderia.

Na última meia hora, a estrada em que estamos se tornou cada vez mais estreita e isolada. Acho que faz uns vinte minutos que não vemos outro carro. O asfalto aqui está rachado e malcuidado. Os pneus da minivan partem galhos caídos na estrada e sacodem no chão irregular.

– Vire à esquerda na Appleton Road – instrui a voz do GPS.

Noah pisa no freio no momento em que vemos a placa da Appleton Road. É uma estradinha de mão única. Até agora, o asfalto era irregular, mas essa estrada não tem asfalto nenhum. Noah hesita, mantendo o pé no freio.

– É essa entrada aqui – diz Warner.

– Tá. – Noah tamborila os dedos no volante. Está preocupado de seguir por essa estrada. Ao contrário de Jack, ele não é ex-escoteiro. Nunca acampamos juntos em todos esses anos de casamento. – Tá bem.

Noah vira na Appleton Road, e imediatamente o caminho fica muito mais difícil. Não há outros carros por perto: somos apenas nós e a natureza selvagem. Eu me seguro no banco enquanto descemos pela trilha irregular. Mas agora estamos perto. Não falta muito para chegarmos à pousada.

E então a imagem no GPS congela.

Noah mantém os olhos na estrada enquanto toca na tela. Na parte superior, aparecem as palavras: *Buscando sinal...*

– Droga – murmura ele.

– Eu tenho o mapa – diz Warner.

Eu o ouço revirando a sacola. Pego meu celular da bolsa: também está sem sinal. Fico tão desconfortável quanto Noah parece estar. Sinto tanto incômodo quanto ele em relação à natureza. Mal posso esperar para chegar à pousada e ter acesso ao wi-fi.

Lamento por não ter ligado para as crianças quando estávamos na estrada principal. Estava pensando em ligar para elas quando chegássemos à pousada, mas agora gostaria de não ter esperado. Embora tenha avisado Penny, imagino que Emma esteja preocupada.

– Muito bem – diz Warner –, vai ter uma bifurcação na estrada, e você precisa pegar a esquerda. Cuidado pra não entrar errado.

– Certo – diz Noah.

– Não, cuidado pra não entrar *errado* – digo.

– Eu *sei* – responde Noah. – Eu estava dizendo "certo", tipo, "entendi". Engulo em seco.

– Tá bem. Falei só por via das dúvidas. Não era minha intenção...

– Você pode só... Não fala comigo, Claire. Preciso me concentrar.

Noah pressiona os dedos contra os globos oculares sob os óculos, depois volta a focar na estrada. Chegamos a uma bifurcação, e ele reduz a velocidade até parar por completo. O caminho da direita parece muito mais bem pavimentado. O da esquerda é mais estreito e tem galhos caídos por toda parte. O sol ainda está no céu, mas o caminho da esquerda é escuro, além de dar a impressão de ter uma energia ruim. Se houver um monstro no meio dessa floresta, com certeza vai estar à esquerda.

– Tem certeza que é pra esquerda? – pergunta Noah.

Warner olha para o mapa.

– Duas estradas num bosque se bifurcavam – recita ele em seu tom encorpado de barítono –, e eu a menos percorrida trilhei. E isso fez toda a diferença.

Noah franze o cenho.

– Que porra é essa... – diz ele baixinho.

Cubro a boca com a mão para conter uma risadinha e, por uma fração de segundo, Noah parece orgulhoso de si mesmo por me fazer rir. Durante esse meio segundo, é quase como nos velhos tempos, antes de passarmos a nos odiar. Quando conseguíamos compartilhar uma emoção sem precisar nem falar.

– O Warner está citando aquele poema – esclarece Lindsay. – Sabem qual é? Aquele do Robert Frost? – Ela lança um olhar carinhoso para o namorado. – Ele é *muito* culto.

– Sim, eu conheço – retruca Noah com firmeza. – Mas o que isso tem a ver com o caminho certo para a pousada?

– Pega a estrada da esquerda – explica Warner. – Ela pode ser menos percorrida, mas é o caminho certo.

Noah não parece nem um pouco entusiasmado com isso, mas segue o conselho de Robert Frost e vira à esquerda na bifurcação. Não é nem mais uma estrada. É um caminho de terra. É muito difícil imaginar que um estabelecimento de boa reputação não tenha uma estrada decente para chegar até ele. Quer dizer, o que vem depois disso? Vamos ter que atravessar uma ponte levadiça caindo aos pedaços?

Depois de mais vinte minutos dirigindo bem devagar, Noah freia de repente. Ele olha por cima do ombro na direção de Warner.

– Não tem como ser por aqui.

Warner se atrapalha com o mapa na mão.

– Não, estamos no caminho certo. Mais 3 quilômetros e chegamos lá.

Noah para o carro de vez.

– Deixa eu ver o mapa.

Warner passa o mapa para ele. Olho por cima do ombro de Noah; o mapa não é muito fácil de ler. Foi impresso em uma folha de papel branco tamanho carta, e tudo está muito pequeno. Noah gira o mapa 90 graus, estreitando os olhos para a imagem minúscula.

– Quer que eu dê uma olhada, Noah? – pergunta Jack da fileira de trás.

– Sou eu que tô dirigindo, então não. – Noah dá um pigarro. – Tá. Acho que sei pra onde ir.

Ele engata a marcha, mas o motor está estranhamente silencioso. Noah franze a testa enquanto pressiona o pé no acelerador. O que houve agora?

– O carro morreu. – Ele olha para mim. – Isso acontece sempre?

Mordo o lábio.

– Não. Nunca.

– Quando foi a última vez que você fez uma revisão?

– Sei lá. Seis meses atrás?

– *Sei lá?* – repete ele.

– Eu disse seis meses atrás. Mais ou menos.

Acho que foi seis meses atrás. Eu me lembro de levá-lo ao mecânico logo após uma briga particularmente violenta sobre o motivo de não haver leite em casa. Havia neve no chão, então foi em algum momento do inverno.

Noah desliga o motor e tenta ligar o carro outra vez. Ouço um clique, mas o motor não pega. Ele tenta de novo e o resultado é o mesmo.

– A bateria descarregou. – Ele fica olhando para o painel. – O carro não dá partida.

– Tô com os cabos na mala – digo.

Ele bufa.

– Que ótimo. Você também tem uma bateria na mala pra gente fazer a chupeta?

Putz. Acho que ele tem razão.

Ele solta o cinto de segurança.

– Deixa eu dar uma olhada embaixo do capô.

– Dar uma olhada? – repito. Noah pode ser físico, mas não entende nada de carros. – O que você acha que vai encontrar lá embaixo? Uma chave liga/desliga na bateria que desligou de repente?

Eu provavelmente não deveria ter dito isso. Foi um pouco cruel. Por outro lado, a ideia de que ao olhar sob o capô Noah consiga descobrir algo errado com o carro que pode ser consertado aqui e agora parece praticamente impossível.

Noah me lança um olhar de reprovação ao puxar a alavanca do capô e sair do carro. Jack e Warner também saem, e os três homens se amontoam sob o capô, discutindo o que pode ter feito com que minha minivan relativamente nova parasse de funcionar de repente no meio do nada. Observo o rosto de Noah enquanto ele conversa com Jack. Os dois são amigos há quase duas décadas. Será que Noah sabe sobre nós dois?

Não sei dizer.

– Tenho certeza de que eles vão resolver o problema – diz Lindsay, confiante.

– Não sei – murmuro.

Gostaria de ter o otimismo dela. Noah e Jack não entendem nada de carros. É possível que Warner seja um especialista no assunto, mas, para ser sincera, não parece ser o caso.

E se não conseguirmos fazer o carro pegar? Não estamos nem um pouco perto da estrada principal. E nenhum de nós tem sinal no celular.

Noah fecha o capô novamente e volta para o banco do motorista. Posso ver pelo seu rosto que não está otimista. Ele gira a chave na ignição e só ouve o clique outra vez. Joga a cabeça contra o encosto.

– Maravilha. – Ele vira e olha para todos na parte de trás. – Alguém tem sinal no celular?

O pânico começa a crescer no meu peito. Tiro o celular da bolsa outra

59

vez com as mãos trêmulas: sem sinal. Respostas negativas ecoam da parte de trás do veículo. Nenhum de nós tem sinal. Estamos presos aqui e não há como pedir ajuda.

– Olha só, não vamos entrar em pânico. – Warner sacode o mapa que tem na mão. – Como eu disse, estamos a apenas 3 quilômetros da pousada. Podemos ir a pé até lá e depois mandamos alguém vir buscar o carro.

– Caminhar até lá? – Lindsay não parece muito animada com a ideia. Ela também não é exatamente o tipo de pessoa que gosta de atividades ao ar livre. – Eu achava que quando alguém se perdia no meio de uma floresta era melhor ficar parado.

– Em alguns casos, sim. – Warner assente. – Mas ninguém vai vir procurar a gente num futuro próximo. As pessoas esperam que a gente volte pra casa só daqui a uma semana. E temos um mapa que nos mostra exatamente pra onde ir. Seria burrice não tentar achar o lugar.

Lindsay franze a testa.

– É, mas...

– Confia em mim, Lindsay. – Warner dá um tapinha no ombro dela. – Eu sei o que é melhor pra você.

Não gosto do tom condescendente com que Warner fala com ela. Desde que ele praticamente proibiu Lindsay de comer o hambúrguer que ela queria na lanchonete, só consigo me irritar com ele. Assim que conseguir ficar sozinha com ela, vamos ter uma conversa sobre ele.

– Não posso passar vários dias sentada neste carro esperando que alguém venha nos resgatar – diz Michelle com firmeza. – Tenho muito trabalho a fazer, pessoal.

Sim, nós sabemos.

– Além disso – acrescenta Warner –, não temos comida suficiente. Nem água.

Esse último comentário faz meu coração parar por um segundo. Ele tem razão. Além de talvez um pacote de batatas chips ou tiras de carne-seca que compramos na loja de conveniência, não temos comida. Noah tem uma garrafa de água pela metade no porta-copos, mas é só. Nós seis não conseguiremos sobreviver aqui por vários dias se ficarmos parados.

Meu estômago solta um ronco baixo. Só comi cerca de um terço do hambúrguer na lanchonete. Perdi o apetite depois que Noah saiu. Agora lamento não ter terminado.

– Eu tenho uma bússola – diz Jack, voluntariando-se. – Não deve ser difícil chegar lá.

Lindsay balança a cabeça e abraça o peito.

– Não sei. Acho mesmo que deveríamos ficar aqui.

– *Você* pode ficar no carro, se quiser – diz Warner a ela.

A voz dele tem um tom que eu não tinha ouvido antes.

Seus olhos azuis percorrem o carro. Ela se inclina para a frente na minha direção.

– Claire, você vai?

– Não sei...

Ela agarra meu pulso com seus dedos longos e finos.

– Vamos ficar no carro. É mais seguro aqui.

Olho pela janela da minivan. O caminho à nossa frente está cheio de galhos, pedras e só Deus sabe o que mais. Ai, ai, por que pegamos justamente a estrada menos percorrida? Que erro. Robert Frost, seu burro.

Mas não quero ficar no carro sozinha. E se todos os outros chegarem à pousada e não conseguirem achar o carro depois? Não quero ficar presa aqui. Se eu e Lindsay ficarmos para trás, não vamos ter chance de encontrar o caminho até lá. Nenhum de nós faz a menor ideia de como andar naquela vastidão. Warner tem o único mapa, mas mesmo que eu tivesse uma cópia de seu guia confuso até a pousada, duvido que seria capaz de segui-lo.

E praticamente não temos comida nem água.

– Acho que devíamos ficar todos juntos – decido.

Lindsay franze a testa.

– Tem certeza?

Faço que sim com a cabeça, embora nem de longe eu tenha certeza. Mas parece ser a opção menos ruim. Jack vai garantir que nada aconteça conosco.

– Tá bem – diz Lindsay, mas não parece convicta.

Warner passa o braço em volta dos ombros dela.

– Não se preocupa, gata. Nós sabemos o que estamos fazendo. São só 3 quilômetros.

Três quilômetros. São 3 quilômetros da nossa casa até a escola das crianças. Quando ando até lá, levo uma hora. Mas deve levar mais tempo indo pela floresta. Provavelmente o dobro. Então, em duas horas, estaremos na pousada. Vou poder tirar os sapatos e tomar um banho quente e demorado no meu próprio banheiro. Mal posso esperar.

Deixamos a bagagem na minivan. Já vai ser difícil atravessar a floresta sem carregar um monte de tralhas. Levo minha bolsa e, quando Noah me dá a garrafa d'água para guardar dentro dela, eu a coloco ao lado do meu celular. Na eventualidade de conseguirmos sinal em algum lugar, quero estar preparada. Além disso, quero enviar uma mensagem para Penny assim que chegarmos, para que as crianças saibam que estamos bem (principalmente a Emma). Jack carrega uma mochila com suprimentos que trouxe para fazer trilha, incluindo uma garrafa de água grande que está quase cheia. Ele coloca a bússola no bolso da calça jeans.

Está quente do lado de fora do carro. Sufocante. Antes de a bateria descarregar, o medidor de temperatura do lado de fora do veículo marcava 32 graus. Ainda nem começamos a caminhar e já estou pegajosa, morrendo de calor. Embora me sinta sortuda por ser a única usando short, minhas pernas nuas estão expostas demais. E se eu pisar em uma hera venenosa? E se uma cobra picar meu tornozelo? Meio que gostaria de estar de calça jeans, mas minha mala está no fundo da pilha e não quero ter o trabalho de trocar de roupa dentro da minivan. O short vai ser suficiente para uma trilha rápida.

A estrada de terra logo desaparece e quase não é mais uma estrada; não consigo imaginar como a minivan teria conseguido ir mais longe do que aquilo, mesmo que a bateria não tivesse acabado. Mas os homens parecem confiantes enquanto abrem caminho. Jack tem sua bússola e a experiência de escoteiro, e Warner tem o mapa, além de ser o único que já esteve aqui antes. Nós três, mulheres, vamos na retaguarda.

– Tenho certeza que não está muito longe – digo.

Não tenho certeza, mas estou tentando ser otimista pelo bem de Lindsay. Michelle me lança um olhar.

– Você nunca faz revisão no seu carro, Claire?

Eu me encolho.

– Faço, sim. Regularmente.

– Bem, acho que quando a gente vai meter o carro no meio da mata, talvez seja melhor levá-lo ao mecânico primeiro pra ter certeza de que ele não vai quebrar no meio do nada.

Noah já gritou comigo. Não estou a fim de ouvir desaforo de Michelle também. Mas, ao mesmo tempo, prefiro não entrar em um conflito com ela. Tenho medo do que pode acontecer.

– O carro é novo. Não tem motivo pra ter dado defeito.

– Mas deu.

Respiro fundo, tentando me acalmar.

– Olha, logo, logo estaremos lá. Não é tão sério assim.

Michelle balança a cabeça para mim e, sem dizer mais nada, aperta o passo até alcançar os homens, me deixando para trás com Lindsay.

– Que grosseria – murmuro.

Lindsay observa Michelle à distância.

– Talvez ela saiba...

– Ela não sabe.

– Sei lá... Ela parece ainda mais intratável do que o normal...

– É. – Semicerro os olhos para ver a bunda de Michelle. Ela está em muito boa forma, levando em consideração que passa o dia todo atrás de uma mesa. Fico me perguntando se ela malha. – Mas acho que, se ela soubesse, diria alguma coisa. Ela não guardaria segredo. Não faz o estilo dela.

– Talvez. – Lindsay inclina a cabeça para o lado. – Mas talvez ela não diga nada. Quer dizer, nenhum de nós conhece a Michelle muito bem.

Ela tem razão. Apesar de todos os nossos esforços, nenhum de nós conhece a Michelle.

Esse pensamento paira em minha mente enquanto caminhamos pela estrada de terra. Continuamos para trás, fora do alcance dos ouvidos dos outros, o que não é totalmente coincidência. Espero que a gente esteja quase lá.

– Que droga – comenta Lindsay enquanto sua bota direita afunda em uma poça de lama. – Não era *isso* que eu tinha em mente pra essa viagem.

– Bem, você queria ficar longe da civilização, não?

— Não! — Ela parece ofendida com essa sugestão. — Eu só queria tirar o Warner do hospital por uma semana. Queria ele só pra mim.

Olho para os três homens à frente. O cabelo loiro de Warner está praticamente brilhando. Ele sem dúvida tem a melhor bunda dos três. E, apesar de estarmos no meio do nada, avança sem hesitar. É preciso admirar sua confiança.

— Então você gosta mesmo dele, né? — digo com cautela.

Um sorriso ilumina o rosto de Lindsay.

— Gosto, sim. Acho que nunca senti isso por ninguém antes. Ele é... perfeito.

— É, mas... — Passo com cuidado por cima de um galho no chão. — E aquele lance no almoço? Por que ele não deixou você comer o hambúrguer?

Ela estreita os olhos.

— Como assim?

— Tipo... — Não quero magoar Lindsay, mas, ao mesmo tempo, quero ter certeza de que ela não está com um cara que vai partir seu coração. Ou que a manipule. Devo isso a ela. — Você queria comer um hambúrguer e ele falou pra você não comer. Aí, em vez disso, você pediu aquela salada minúscula.

— Ah. — Ela dá um tapinha no ar. — Não tem nada a ver com ele. Estou tentando perder peso, só isso.

— Você não precisa perder peso!

Não aponto o óbvio, que é o fato de ela ser pelo menos 10 quilos mais magra do que eu. Se ela precisa perder peso, eu então estou com um problemão.

— Que nada. — Lindsay estende o braço nu e agarra um punhado de carne. — Olha isso aqui! O Warner não tem um grama de gordura. É... constrangedor.

— E por que ele olhou pra você daquele jeito quando falou sobre silicone? — pressiono.

— Bem... — Lindsay olha de relance para o peito. — Você precisa admitir que eu não sou exatamente bem-dotada.

Estou tão irritada que quase tropeço em um galho no chão.

— Ele *disse* isso pra você?

— Ele não precisou! — Ela esfrega o pescoço, afastando os fios suados de cabelo loiro. – Quer dizer, é um fato. E eu deveria ser grata por ele ter tido a gentileza de me oferecer uma cirurgia grátis. Quantos homens fariam isso?

Faço uma careta.

– Nenhum.

– Claire...

Tudo o que ela diz está me deixando desconfortável. Não que eu tenha me casado com um cara maravilhoso, mas tenho que reconhecer que Noah nunca julgou minha aparência. Ele sempre agiu como se eu fosse a mulher mais bonita do mundo. Certamente nunca sugeriu que eu perdesse peso nem fizesse uma *cirurgia plástica*. E agora... bem, obviamente ele não age mais como se me achasse tão atraente assim. Mas ele não diz nada *negativo* sobre a minha aparência, pelo menos.

Quem estou enganando? Não posso sair por aí atirando pedras em ninguém.

– O importante é o que você acha – digo por fim.

Quando chegarmos ao hotel, vamos ter que conversar melhor sobre isso. Preciso ter certeza de que ela não vai sair colocando silicone por impulso.

– Ele é um cara legal, Claire. – Ela respira fundo. – Na verdade...

– O quê?

Ela passa por baixo de um galho de árvore e uma folha se solta em seu cabelo.

– Acho que ele vai me pedir em casamento essa semana!

– Ah. – Meu coração afunda com essa revelação. – Isso é... maravilhoso! E você... você quer se casar com ele?

– É claro!

– Achei que você gostasse de ser solteira.

Embora tenha sido minha madrinha, Lindsay nunca gostou muito de casamentos nem da ideia de se casar. Ela adorava seu trabalho e sua liberdade. Às vezes namorava, e alguns de seus namorados pareciam apaixonados, mas ela nunca pareceu nem um pouco interessada em se firmar com alguém. E o meu casamento mesmo não lhe deu exatamente um exemplo muito bom de como é maravilhoso estar amarrado a outra pessoa.

– Bem, eu gostava – diz ela, pensativa. – Mas era porque todos os caras com quem saí eram uns fracassados. O Warner é perfeito. Tô muito feliz de ter esperado.

Abro meu melhor sorriso, esperando que ela não perceba que é falso. É óbvio que, quando Warner fizer o pedido, Lindsay vai aceitar. Não há nada que eu possa fazer a respeito.

DEZ
CLAIRE

Preciso fazer xixi outra vez.

Já foi ruim o suficiente quando eu estava no carro e sabia que Noah ia reclamar. Mas agora é muito pior. Onde é que eu vou fazer xixi nesse lugar? Imagino que não vamos encontrar um banheiro químico em um futuro próximo.

– Lindsay – murmuro. – Você… você precisa fazer xixi?

– Sim! – exclama ela. – Ai, meu Deus, *desesperadamente*! O que a gente faz?

– Eu acho… – Respiro fundo. – Acho que vamos ter que ir na floresta mesmo.

Lindsay morde o lábio.

– Não sei se consigo, Claire.

Também não sei. Mas não estou vendo muita escolha neste momento. Não aguento mais nem um segundo.

– Temos que pedir pra eles esperarem a gente.

Olho adiante; todos estão bem à nossa frente, afastando-se um pouco mais a cada segundo.

– Jack! Noah!

– Warner! – chama Lindsay.

Naturalmente, Noah me ignora. Mas, depois de alguns segundos, Jack se vira e acena para nós.

– Tá tudo bem? – pergunta ele.

Não quero gritar para eles que eu e Lindsay precisamos fazer xixi. Então, corro até lá e Lindsay vem logo atrás.

– A gente precisa ir no banheiro – digo baixinho, assim que estou ao alcance dos ouvidos.

Noah não tece nenhum comentário sobre como eu deveria ter usado o banheiro na lanchonete. Ele tem sorte de ser homem. É muito mais fácil para eles (não precisam nem abaixar as calças).

Warner dá uma olhada entre as árvores.

– Não tem nenhum banheiro por aqui.

– Eu sei – digo com firmeza. – Mas precisamos parar e... sabe como é...

– Ah. – Jack enfia as mãos nos bolsos. – Bem, vamos esperar vocês aqui. Sem pressa.

Olho de relance para a floresta. Não quero mesmo fazer isso.

– Mas como...?

Warner sorri, debochado.

– É só se agachar. Não é difícil, senhoritas.

Não consigo acreditar que meu dia está sendo assim. Parte de mim quer simplesmente dizer "deixa pra lá, eu aguento", mas outra está preocupada com a possibilidade de um espirro violento encharcar meu short. Não tenho nenhuma muda de roupa aqui para trocar, obviamente.

– Tá bem – digo. – Michelle, você precisa ir também?

– Não, obrigada – responde ela.

É claro que não precisa. A mulher é um robô. Esfrego as mãos.

– Então tá...

– Tenta ficar de frente pra descida – diz Jack. – Ouvi dizer que isso reduz as chances de molhar a roupa com xixi.

Noah ri com a cara que eu faço. Ele acha hilário que eu precise me agachar para fazer xixi.

Bem, ele que se dane. Vou me agachar se for preciso.

Pelo menos tenho lenços de papel na bolsa.

Lindsay e eu procuramos uma área reservada para fazer nossas necessidades. Escolho uma árvore que pareça grossa o suficiente para me esconder, e Lindsay faz o mesmo. Puxo o short para baixo e vou com o máximo de cuidado que consigo. Considerando que nunca fiz isso antes, acho que realizei um bom trabalho.

Depois de fechar o zíper do short, eu me agarro à árvore para me equilibrar, e a madeira belisca minha mão. Quando a afasto, percebo cinco sulcos profundos na casca lascada.

Marcas de garras.

Só que essas marcas não foram feitas por um coelhinho. As marcas são longas e profundas. As garras que rasgaram a casca eram nitidamente muitíssimo afiadas. E há um segundo conjunto de marcas de garras acima do primeiro. Alguma coisa estava subindo na árvore?

Ergo os olhos. Não vejo nada além de folhas acima de mim. Mas, atrás, ouço um farfalhar.

– Claire?

Quase infarto de susto ao ouvir a voz de Lindsay. Ela está atrás de mim, abraçando o peito.

– Tá tudo bem? Conseguiu fazer xixi?

Passo os dedos sobre as ranhuras profundas na casca da árvore.

– Olha isso aqui.

Lindsay arregala os olhos quando vê as marcas.

– Meu Deus. Que bicho você acha que fez isso?

Não faço a menor ideia. Só sei que não quero cruzar com ele.

Tenho um desejo irresistível de continuar andando, mas Lindsay insiste em chamar os outros para mostrar as marcas das garras. Eu a sigo, mas na verdade não quero ficar olhando para essas marcas. Quero me afastar o máximo possível do animal que fez isso.

Jack está revirando os olhos até ver as marcas na árvore. Por um momento, ele parece perturbado. Passa a mão sobre os sulcos profundos.

– Uau – diz ele.

– Você acha que é um urso? – pergunta Lindsay.

– Talvez. – Jack franze a testa ao ver as marcas de garras e passa a mão sobre elas. – Os ursos-negros são conhecidos por marcar as árvores. Mas...

Ergo as sobrancelhas.

– Mas o quê?

– Eu diria que as marcas das garras de um urso estariam muito mais altas na árvore – diz ele. – Pode ter sido um urso pequeno. Ou... outra coisa.

Não sei se devo me sentir melhor ou pior com isso. Ursos são assustadores. Mas, ao mesmo tempo, o comportamento deles é previsível. Sabemos do que ursos são capazes. Não sabemos do que um animal misterioso com garras longas e afiadas é capaz.

– Enfim... – Jack dá um passo para trás, afastando-se da árvore. – A maioria dos animais que marcam as árvores faz isso pra delimitar seu território. Portanto, se este for o território de algum animal grande, é melhor seguirmos em frente.

Essa me parece uma excelente ideia.

ONZE
CLAIRE

Três horas depois, ainda não chegamos à pousada. Não estamos nem perto dela. Mesmo com o mapa de Warner e a bússola de Jack, estamos completamente perdidos.

E logo vai escurecer.

Lindsay implora até pararmos para descansar um pouco. A água de Noah já acabou há muito tempo, e todos tomamos goles da garrafa de Jack. Fico um pouco mal ao saber que, quando essa garrafa d'água estiver vazia, não vamos ter nada para beber. Embora o sol tenha se posto no céu, ainda está quente. Minha camisa está encharcada de suor. Eu poderia facilmente matar a garrafa inteira sozinha. Minha boca parece o deserto do Saara.

Jack aproveita a oportunidade para nos tranquilizar. Está cansado e suado, mas nem de longe tão exausto quanto Lindsay e eu. Seu cabelo escuro e desgrenhado está levemente úmido, o que é sexy. Mal posso esperar para ficar sozinha com esse cara na pousada.

Se algum dia chegarmos lá.

– Vai dar tudo certo – diz Jack para todos nós. – Pegamos uma curva errada, por isso temos que voltar. Mas estamos no caminho certo. Chegaremos lá antes de escurecer.

– Parece muito que estamos perdidos – afirmo.

– Nós *não* estamos perdidos. – A voz de Jack é calorosa e tranquilizadora.

Ele estica o braço para pegar minha mão, mas logo recua. – Olha só, vamos chegar à civilização em algum momento, querendo ou não. Hoje em dia, é muito difícil se perder numa floresta. E é ainda mais difícil continuar perdido.

Tiro o celular da bolsa. Torço para ver uma barra de sinal, ou quem sabe uma chamada perdida de Penny. Mas nada.

– A gente deveria ter ficado no carro. – Os olhos de Lindsay estão vermelhos. As mãos tremem enquanto ela as revira. – Não fazemos ideia de onde estamos.

– Não – diz Warner. – *Você* não faz ideia de onde está, Lindsay. Jack e eu sabemos exatamente onde estamos.

Ele parece um babaca arrogante ao dizer isso, mas, meu Deus, espero que esteja certo.

Olho para Noah. Ele acompanhou a navegação o tempo todo e não parece tão confiante quanto os outros dois. Nossos olhos se encontram por um segundo, e ele balança a cabeça quase imperceptivelmente. Houve um momento em que eu poderia ter ido até ele e pedido que me dissesse o que realmente estava acontecendo, mas isso não vai rolar agora. Essa balançada de cabeça é o melhor que vou conseguir. E, de qualquer forma, isso me diz tudo de que preciso saber.

Estamos ferrados.

Lindsay levanta a cabeça bruscamente.

– Ouviram isso?

– Ouviram o quê? – pergunta Warner.

Ela abraça o peito.

– Tipo um... um rosnado, um uivo ou...

Sinto um calafrio, apesar do calor. Não esbarramos com nenhum animal selvagem, tirando os muitos insetos e alguns coelhos. Mas havia aquelas marcas de garras na árvore. Obviamente, há animais selvagens por aqui. Dos grandes.

– Eu não ouvi – comenta Jack.

Lindsay fecha as mãos em punhos.

– Bem, eu ouvi!

Jack parece seguro de si, mas não tenho tanta certeza. Pessoas perdidas na floresta não são atacadas por animais o tempo todo? A ideia é tão absurda assim?

– Olha só, provavelmente há ursos por aqui – diz Jack. – Principalmente ursos-negros. Mas, sabe, ursos geralmente têm medo de humanos. A menos que se sintam encurralados ou que seus filhotes sejam ameaçados, eles não vão atacar.

– Ótimo, isso é muito reconfortante – murmura Lindsay.

– Podemos voltar a andar? – pergunta Michelle. Ela revira a bolsa, que está estufada com o peso do laptop. Ela se recusou a deixá-lo para trás. – Tenho muito trabalho pra fazer hoje à noite e estou carregando essa coisa.

Olho para Lindsay, que está com os ombros caídos. Percebo que ela não quer se aventurar mais fundo na floresta, mas não temos muita escolha: não podemos nos dar ao luxo de ficar para trás. Não sei se eles seriam capazes de nos encontrar de novo se não nos mantivermos juntos. A floresta parece não ter fim.

– Tá bem – diz ela, por fim. – Vamos lá.

Meus pés estão começando a doer de tanto andar. Eu não havia percebido como estava fora de forma até essa caminhada. Quando foi a última vez que fiz uma trilha? Na verdade, *alguma vez na vida* fiz uma trilha? Não parece ser o tipo de coisa que Noah e eu teríamos feito em qualquer momento. Éramos mais o tipo de casal que gosta de relaxar assistindo Netflix. Isso costumava funcionar para nós dois. Éramos um casal de viciados em ficar no sofá vendo televisão.

Jack havia me dito que faríamos trilha juntos durante a viagem. Na época, isso me pareceu romântico. Gostava da ideia de ficar perdida na floresta com ele. Mas agora que *realmente* estamos perdidos na floresta, não parece nem um pouco romântico. Acho que a trilha está oficialmente cancelada. Depois que chegar ao hotel, não voltarei a colocar os pés na natureza. Talvez nem saia do quarto.

Lindsay está andando ainda mais devagar do que eu. A cara dela não está nada boa (a pele está nitidamente pálida). Seu coque elegantemente bagunçado de antes está apenas bagunçado nesse momento, e há fios soltos grudados em sua nuca. Antes desse dia, não sei se já tinha visto Lindsay suar, mas agora há um véu de suor ao longo da gola de sua blusa. Mas também não sei se estou muito melhor.

Nós duas caminhamos a uns bons 5 metros atrás dos outros. Estamos longe o bastante para que eu não consiga ouvir uma palavra do que estão dizendo. Mas faço questão de mantê-los sempre no meu campo de visão. A última coisa que quero é me separar deles.

– Quando chegarmos à pousada – diz Lindsay –, vou passar umas cinco horas de molho na banheira. Até virar um *maracujá*.

Abro um sorriso.

– Eu só quero me deitar numa cama macia e gostosa.

– Sabe o que mais eu vou fazer? – Lindsay lambe os lábios. – Vou pedir serviço de quarto. Um cheeseburger com bacon bem grande.

Dou risada.

– Meu Deus, o que o Warner vai dizer?

– E um pacote imenso de Oreo com recheio duplo de sobremesa. – Ela inspira bem fundo. – Meu Deus, acho que eu não como um Oreo há... anos.

Na época da faculdade, eu diria que biscoitos Oreo eram a comida favorita de Lindsay. Ela sempre tinha um pacote no quarto em estágios variados de consumo. Costumava desmontá-los e fazer uma pequena pilha de bolachas de chocolate, depois uma bola gigante de recheio cremoso. Eu me lembro de como eu chiava quando Lindsay colocava aquela bola branca na boca.

Tá, eu também fazia isso às vezes. Mas era *divertido*. Não imagino que Warner aprovaria o fato de Lindsay comer uma bola gigante de recheio de Oreo.

– Sério... – Lindsay esfrega uma pequena mancha vermelha no pescoço. Agora que o sol está se pondo, os insetos estão aparecendo, o que é péssimo para mim, que sempre sou um alvo. – Tô com *tanta* fome agora que acho que poderia comer um inseto.

– O Jack tem um pouco de carne-seca na mochila!

Os olhos dela se iluminam por um momento, mas depois ela balança a cabeça.

– O Warner vai me matar.

– O Warner vai te matar se você comer um pouco de carne-seca estando perdida no meio da floresta?

– Você não entende. – Ela dá um tapa no próprio pescoço e depois olha para a palma da mão. – Caramba. Tem um milhão de mosquitos aqui.

– O que eu não entendo?

– Olha, eu só... – Lindsay parece ter algo a dizer, mas, antes de falar, aponta animada para um arbusto no chão. – Claire! São mirtilos!

Olho para onde ela está apontando. É um arbusto grande, de folhas verdes, com um monte de bagas azul-escuras e rechonchudas crescendo. Embora tenha comido um hambúrguer em vez de uma salada, a imagem de qualquer tipo de comida faz meu estômago roncar. Já passou da hora habitual de jantar.

– Tem certeza? – pergunto.

– Claro! Eu sempre colhia mirtilos quando era criança. – Ela arranca uma fruta do arbusto. – Isso definitivamente é um mirtilo.

– Sei não... – Olho para os outros, que estão ao alcance da voz, mas só se gritarmos. – Talvez seja melhor a gente perguntar pro Jack se tem problema comer isso.

– Por quê? Porque ele foi escoteiro há um milhão de anos? – Ela levanta os braços. – Ele não faz a *menor* ideia de nada. Se fizesse, já teríamos encontrado essa pousada besta.

Antes que eu possa impedi-la, ela coloca a fruta colhida na boca. Mastiga com uma expressão pensativa. Dou um passo à frente, pronta para segurá-la caso comece a espumar pela boca e caia no chão.

– É uma delícia! – diz ela. – É mirtilo, Claire. Tá maduro e doce. Se fosse veneno, teria um gosto *ruim*.

Será que isso é verdade? Tenho certeza de que li em algum lugar que algumas frutas venenosas têm um sabor doce.

Lindsay está colhendo bagas do arbusto. Tem pelo menos uma dúzia delas nas mãos e está comendo tudo enquanto avança. Sinto o estômago revirar. Não é uma boa ideia. Por mais que a possibilidade de comer a carne-seca de Jack não me anime muito, não acho que a gente devesse comer frutas aleatórias que encontramos na floresta. Além disso, mirtilos não amadurecem em julho? Estamos em junho ainda.

– Lindsay – murmuro –, não acho mesmo uma boa ideia isso aí. Não sabemos se essas frutas são seguras ou não. A gente não pode só checar com o Jack?

– Ah, fala sério. Quais são as chances de umas frutinhas aleatórias que a gente encontrou serem venenosas?

Talvez eu seja uma pessoa do tipo que enxerga o copo meio vazio, mas sinto que há uma chance muito menor de que frutinhas aleatórias na floresta *não sejam* venenosas.

– Lindsay...

– Tá bom. – Ela coloca mais algumas na boca e depois joga o resto na terra aos nossos pés. – Não vou comer mais, tá? Feliz agora?

Ergo os olhos; todos os outros estão bem à nossa frente. Não parecem nem um pouco preocupados com o fato de termos ficado tão para trás. Será que perceberiam se a gente simplesmente sumisse?

– É melhor alcançarmos eles.

– É... – Lindsay subitamente parece exausta, como se não conseguisse dar mais um passo. – É melhor.

Sei exatamente como ela se sente. Mas não temos muita escolha. Se quisermos sair daqui esta noite, temos que continuar andando.

DOZE
ANÔNIMO

Minha mãe plantava frutas silvestres no nosso quintal.

Cultivava principalmente mirtilos e framboesas. As framboesas começavam como pequenas bolhas verdes e duras, depois se expandiam e escureciam. Eram as minhas favoritas. Quando estavam maduras, era possível arrancá-las direto do arbusto sem nenhum esforço.

Os mirtilos amadureciam um mês depois das framboesas. Começavam claros, depois engordavam e ficavam azuis. O sabor dos mirtilos era bom, mas eu os evitava. Por causa da beladona.

Minha mãe cultivava beladona no nosso quintal, e beladona mata.

O nome da planta é Atropa belladonna. *Pertence à família das solanáceas e geralmente é encontrada na Europa, no norte da África e no oeste da Ásia. Mas também é possível encontrá-la em algumas partes da América do Norte.*

As bagas de beladona são muito parecidas com mirtilos. São pretas e brilhantes, têm cerca de 1,5 centímetro e são doces.

Altamente tóxicas, causam delírio, alucinações e interrompem a capacidade do corpo de regular a transpiração, a frequência cardíaca e a respiração. Em determinado momento, a pessoa tem convulsões e insuficiência cardiovascular. Os primeiros humanos faziam flechas venenosas usando beladona. Em um adulto, quinze a vinte bagas são suficientes para matar. Uma criança pode morrer com duas ou três.

Minha mãe cultivava beladona porque queria desencorajar qualquer pessoa de entrar de fininho no nosso quintal e roubar as frutas. No fundo, ela torcia para encontrar uma criança morta no quintal com um punhado de bagas na mão.

Eu percebia a diferença. Sabia qual era a aparência da planta. Mas, em uma tigela, os frutos da beladona e os mirtilos parecem quase idênticos.

Quando eu tinha cerca de 7 anos, meu pai voltou de uma viagem de negócios a Chicago numa manhã de domingo bem cedo. Minha mãe sempre passava um tempão se arrumando quando ele ia voltar de alguma viagem: estava com um vestido de verão cor-de-rosa e seu cabelo loiro quase branco estava solto e cacheado em vez de lambido e oleoso. Quando se esforçava, minha mãe ficava muito bonita.

Passamos muito tempo limpando a casa de cima a baixo. Meus dedos doíam de tanto esfregar e meus olhos ainda ardiam com o vapor do produto de limpeza. Ela inclusive passou vinte minutos escovando nossa gata, Floquinha, até que seu pelo branco estivesse brilhando. Floquinha estava mais bonita do que eu, mas sempre era assim.

Nós três estávamos esperando na porta da frente quando meu pai entrou carregando as malas, com leves manchas sob os olhos castanhos.

– Que recepção! – exclamou ele.

Tinha uma voz forte e alta, e um sorriso ainda maior. Isso fazia com que todo mundo gostasse dele. Era um bom vendedor.

Minha mãe sorriu para ele com seus lábios pintados de vermelho vivo.

– E fiz um café da manhã reforçado pra você, com bacon e ovos.

– Mal posso esperar!

Mas, em vez de seguir minha mãe até a cozinha como ela queria, ele começou a revirar sua bolsa. Ela franziu a testa e colocou as mãos nos quadris.

– Vamos, John. A comida vai esfriar.

– Espera um pouco. – Ele procurou por mais alguns segundos e depois tirou dali um boné preto do Bulls. O touro vermelho furioso me encarou. – Aqui, trouxe para você.

Meu pai viajava muito e, de cada cidade que visitava, ele me trazia um boné. Àquela altura, eu tinha uma grande coleção. Peguei o boné e o coloquei na cabeça.

– Uau! Adorei! – respondi.

– E tenho mais algumas coisas pra você – disse ele.

– John. – A voz de minha mãe era firme. – Por que não fazemos isso depois de comer?

– Só um minuto, Helen – pediu ele.

Era ótimo quando ele me trazia coisas das viagens. Não compensava o fato de não vê-lo por dias ou até mesmo por uma semana, mas era algo que eu aguardava ansiosamente. Mas minha mãe não gostava disso. Ela se afastava quando ele me dava os presentes.

Alguns minutos depois, chegamos à mesa da cozinha. Os ovos e o bacon do meu pai estavam dispostos em um prato de cerâmica branca ao lado de um copo cheio de suco de laranja. Havia também uma tigela de cereais sobre a mesa que não estava lá antes.

Minha mãe sorriu para nós.

– Fiz o café da manhã pra vocês dois.

Eu me sentei em frente à tigela de cereais. Eram flocos de milho, como eu comia na maioria dos dias, mas geralmente eu que os preparava. Minha mãe nunca preparava o café da manhã para mim, mas, naquele dia, fez isso sem que eu pedisse. Olhei para a tigela: ela havia colocado leite demais e os flocos de milho iam ficar encharcados. Ela também tinha colocado um punhado de frutas silvestres.

– Coloquei alguns mirtilos do jardim – disse ela.

Abaixei a aba do boné do Bulls enquanto encarava a tigela de cereais. As bagas eram azul-escuras. Pareciam mirtilos.

Joguei as frutas de um lado para outro na tigela com a colher. Minha mãe ficou me observando.

– O que foi? Por que não tá comendo?

Meu pai já estava devorando seu prato de comida.

– Come. É bom pra você – disse para mim.

Mexi a colher um pouco mais até que uma das bagas rolou para fora da tigela. Cambaleou na borda da mesa e por fim caiu no chão. Em um segundo, Floquinha estava farejando a fruta. Ela a cheirou e, com sua linguinha cor-de-rosa, estava prestes a dar uma lambida.

– Não! – exclamou minha mãe para a gata. Rápida como um raio, pegou a fruta antes que Floquinha pudesse tentar comê-la. – Gata feia. Isso não é comida de gato.

Minha mãe amava Floquinha. Acariciava com carinho o pelo branco dela. Jamais deixaria que nada acontecesse à gata.

Floquinha não tinha permissão para comer as frutas.

Peguei um pouco dos flocos de milho, evitando cuidadosamente as bagas. Um pouco do suco havia se misturado ao leite, mas só uma pequena quantidade. Peguei outra colherada do cereal.

Comi a maior parte dos flocos, deixando as frutas de lado. Quando afastei a tigela, minha mãe franziu a testa.

– Por que você não comeu os mirtilos?

– Não tô com fome – murmurei.

– Fruta é bom pra você – disse ela. – Você precisa comer.

Meu pai assentiu. Ele não fazia ideia.

– Sua mãe tem razão. Coma os mirtilos.

Olhei para minha mãe. Ela estava com um sorriso que era só para mim. Quando me olhava daquele jeito, eu ficava com medo. Uma vez, ela me contou que nunca quis me ter. Que a camisinha estourou. Eu era um erro. As pessoas corrigem seus erros.

Fechei os lábios com força, com medo de que, se os abrisse, alguém fosse enfiar uma fruta venenosa dentro da minha boca.

– Escuta aqui – disse meu pai –, se você não fizer o que sua mãe está dizendo e não terminar o café da manhã, vou pegar o boné de volta.

Queria contar a verdade para ele: as frutas eram venenosas. Mas ele não ia acreditar. E eu me meteria em um problema ainda pior.

Então, tirei o boné do Bulls e o atirei em cima da mesa. Depois, corri para o meu quarto.

Me meti numa encrenca naquele dia. Mas não morri.

Graças à minha mãe, sei tudo o que é preciso sobre frutas venenosas.

TREZE
CLAIRE

O sol se pôs, e ainda não chegamos à pousada. Meus pés latejam dentro do tênis (tenho certeza de que estou com uma bolha no dedão do pé direito). É um esforço supremo simplesmente fazer meus pés andarem para a frente. *Direito, esquerdo, direito, esquerdo.* E parece que não estamos fazendo nenhum avanço. Onde fica essa droga de lugar?

Pego o celular pela centésima vez e checo se tem sinal. Nada. Estou ficando de saco cheio da mensagem de "sem serviço".

Fico imaginando o que as crianças estão fazendo. Espero que estejam bem. Quer dizer, tenho certeza de que Penny está cuidando bem delas, mas é quase certo que estejam aguardando uma ligação minha a essa altura. Espero que Emma não esteja muito preocupada.

Sonhei que um monstro comia vocês.

– Tudo bem, Claire?

Olho para Jack, que está ao meu lado. Lindsay foi conversar com Warner há cerca de vinte minutos, e ele está lhe dando uma carona nas costas. As botas de caminhada dela são bonitas, mas não muito confortáveis. Queria poder pegar carona nas costas de alguém. Jack não pode me fazer essa oferta com Michelle por perto. E não existe nenhuma chance de Noah fazer isso. Tenho sorte de ele não me empurrar de um penhasco.

– Já estive melhor – admito. Respiro fundo. – Você acha que estamos quase lá?

Jack assente e me mostra sua bússola.

– De acordo com o mapa, se continuarmos caminhando para oeste, são cerca de 800 metros.

Graças a Deus. Não aguento muito mais. Vou caminhar os últimos 800 metros e depois desmaiar no saguão do hotel.

Mas e se ele estiver errado? Estamos caminhando há horas e, sempre que perguntamos, eles dizem que estamos "quase lá". Sinto um calafrio.

– Tá com frio? – pergunta ele.

Ia dizer que não, mas então percebo que estou, *sim*, com muito frio. Fazia tanto calor quando o sol estava no céu, mas, agora que ele se pôs, está ficando absurdamente gelado. Olho para baixo e vejo meus braços e pernas com os pelos todos arrepiados. E, naturalmente, não tenho nenhum tipo de moletom ou casaco. Não parecia necessário quando a temperatura estava beirando os 30 graus.

– Tô bem – respondo.

Ele me cutuca no braço.

– Você tá toda arrepiada.

Ergo os olhos para ter certeza de que Noah e Michelle estão a uma distância segura à nossa frente. Não quero que Noah veja Jack me tocando ou brincando comigo.

– Talvez um pouco.

– Aqui. – Jack tira a mochila das costas e a vasculha. Puxa um moletom cinza com capuz. – Veste isso.

Hesito.

– Não tô com tanto frio assim.

– Vamos lá. Não precisa se fazer de forte.

Quase recuso pela segunda vez, mas então uma brisa nos envolve. Está *muito* frio. E só vai piorar com o passar da noite. Eu deveria apenas aceitar o moletom. Que diferença faz? Só porque Jack me ofereceu um moletom, não significa que estamos dormindo juntos. É apenas uma gentileza entre amigos.

Então pego o casaco e o coloco por cima da cabeça. É macio e quente e tem cheiro de madeira. Sorrio para ele.

– Obrigada.

– Qualquer coisa pela minha Claire.

É claro que não sou a Claire *dele*. Atualmente, sou a Claire do Noah, mas isso não vai mais ser verdade depois dessa semana. Ficar perdida na floresta só fortaleceu minha decisão de terminar tudo com Noah. A vida é curta demais para ficarmos juntos por causa das crianças.

Infelizmente, Jack nunca vai deixar Michelle. Não porque a ama, mas porque ela é uma advogada especializada em divórcios. Como se separar de uma esposa especialista no assunto? Não dá. Mas não ligo. Independentemente de qualquer coisa, quero me livrar do *meu* casamento.

Olho para a frente e vejo que Warner colocou Lindsay no chão. Ela está sentada em uma árvore caída, dobrada para a frente. Noah e Michelle estão conversando com ela, e ela continua balançando a cabeça. Corro até lá para ver o que está acontecendo.

– Lindsay – digo. – O que foi? Você tá bem?

Ela olha para mim. Seus olhos azuis estão injetados de sangue e sua pele, normalmente de porcelana, está levemente esverdeada.

– Tô com dor de barriga. Acho que é por conta desse sacolejo todo.

– Você não tá com uma cara muito boa – diz Warner.

– Eu tô bem – insiste Lindsay. – Só preciso de uns quinze minutos aqui sentada.

Olho para as botas de caminhada estilosas de Lindsay. Seu pé direito está bem ao lado de um formigueiro, e várias formigas carpinteiras grandes estão subindo pela perna dela. Lindsay não parece notar, mesmo quando uma das formigas pula em seu antebraço. Ela deve estar realmente muito mal.

Michelle olha para o relógio.

– Meu Deus, a noite já era. Nunca vamos chegar lá em um horário razoável.

Noah começa a revirar os olhos para mim, mas, quando me encara, olha mais uma vez para ter certeza. Ele arregala os olhos castanho-claros, e levo um segundo para perceber que está olhando para o meu moletom. Ou melhor, o moletom de *Jack*.

Mas não teria como ele saber que o moletom é de Jack. É só um casaco cinza aleatório.

– Pessoal, vocês não precisam se preocupar comigo – diz Lindsay. – Vou ficar bem. Só preciso descansar.

– Descansar? – repete Warner. – Lindsay, eu estava *carregando* você.

Espero para ver o que Lindsay vai dizer ao namorado, mas então sinto os dedos de Noah em volta do meu antebraço e ele me puxa alguns passos para trás. Seus lábios se aproximam da minha orelha.

– Ei – diz ele. – Onde você conseguiu esse moletom?

Droga.

– Humm – digo.

– Esse casaco é do *Jack*? – pergunta ele.

Eu poderia mentir, mas isso talvez piorasse a situação. Se não tenho nada a esconder, por que mentiria?

– É. Eu tava com frio e ele tinha um moletom sobrando, então...

Noah pisca algumas vezes e dá um puxão no moletom que está vestindo.

– Se você tava com frio, eu podia ter...

– Podia mesmo?

Ele abre a boca, mas, antes que possa dizer qualquer palavra, ouvimos um grito de gelar o sangue.

CATORZE
CLAIRE

Foi Lindsay quem gritou. Ela está de pé, apontando para longe.

– Lindsay! – Warner está tentando fazer o melhor que pode para acalmá-la. – Para de gritar. O que foi?

– Era um urso! – Os olhos azuis dela estão brilhando. – Eu vi! Ele tava vindo na nossa direção! Tinha garras imensas e presas brancas gigantes!

Todos nós nos viramos para olhar na direção que ela está apontando com a mão trêmula. Já está bem escuro, mas não parece ter algo lá. Somente escuridão, galhos e folhas. Agora que ela parou de gritar, tudo o que conseguimos ouvir são os grilos cantando. Uma coruja pia ao longe.

Mais uma vez, eu me lembro das palavras de Emma. *Sonhei que um monstro comia vocês.*

Penso nas marcas de garras na árvore. Mesmo com o moletom de Jack, sinto um arrepio e abraço meu peito.

– Um urso não vai atacar a gente do nada – diz Jack com paciência.

– Como é que você sabe? – Há algo desvairado e estranho nos olhos de Lindsay. – Aquele urso vai matar todos nós! Eu sei disso!

– Meu Deus... – murmura Jack, baixinho.

Lindsay aperta a barriga e se senta outra vez na árvore caída. Em seguida, solta um gemido baixo. Ela está agindo de um jeito muito esquisito. Não consigo imaginar o que está acontecendo com ela, a não ser que...

– A Lindsay comeu umas frutas silvestres – disparo.

Jack ergue a cabeça bruscamente.

– Frutas silvestres?

– Mirtilos – explico. – Há cerca de uma hora. Talvez um pouco mais.

– Lindsay! – grita Warner. – Isso é verdade?

Ela levanta a cabeça e mal consegue assentir.

– Não foi nada de mais.

– Como você pôde fazer uma coisa tão burra? – O belo rosto de Warner fica cor-de-rosa. – Comer frutas silvestres no meio de uma floresta? Por que você faria isso?

– Eu tava com muita fome – responde ela, choramingando. – Só comi algumas...

Ele balança a cabeça.

– E agora olha só o que tá acontecendo com você...

Jack está com a testa franzida de preocupação.

– Claire, como eram as frutas?

– Azuis – digo, impotente. Tento me lembrar das frutinhas que Lindsay estava enfiando na boca. – *Azuladas*, ao menos.

– Quantas ela comeu?

Dou de ombros.

– Não tenho certeza. Dez? Talvez quinze?

– Merda – diz Jack, com um suspiro.

– O quê? – Meu coração se agita dentro do peito. – O que você acha que era?

Jack apenas balança a cabeça e se agacha ao lado de Lindsay, que parece ainda pior do que há um minuto. Está toda dobrada e agora murmura algo incoerente. Sinto uma pontada de culpa. Lindsay implorou para que eu ficasse no carro com ela. Se eu tivesse feito isso...

– Ei. – Noah toca em meu braço para chamar minha atenção. – *Você* não comeu nenhuma fruta, né?

Isso nos olhos castanho-claros dele é preocupação?

– Não. Não comi.

Graças a Deus.

Lindsay está piorando depressa. Está ficando letárgica e Warner esfrega seu ombro, tentando fazer com que ela responda a perguntas. Eu me consolo com o fato de ele ser médico. Temos um médico de verdade conosco, um *cirurgião*. Mesmo que Lindsay tenha comido umas frutinhas venenosas, ele poderá salvá-la.

– Ela está perdendo a consciência. – A voz de Warner é calma, mas há uma nota de pânico subjacente. – Precisamos deitá-la.

Lindsay está de olhos fechados e murmura algo sem sentido. Jack e Warner a deitam no chão de terra, e ela parece uma boneca de pano. Seu rosto está muito pálido.

– Que diabos ela comeu? – murmura Warner.

– Pode ter sido sabugueiro – diz Jack. – Mas estou mais preocupado com a possibilidade de ter sido beladona. Já ouvi falar que isso cresce por aqui.

Pressiono as mãos juntas.

– Beladona?

– Os frutos são meio pretos e arroxeados – explica Jack. – Eles se parecem um pouco com mirtilos. E se ela tiver comido isso...

Ele não completa a frase. Não precisa.

De repente, o corpo de Lindsay fica rígido no chão. Jack dá vários passos para trás, claramente abalado, mas Warner permanece perto dela. Estou paralisada, observando com horror enquanto o corpo de Lindsay começa a sacudir violentamente.

– Ela está tendo uma convulsão – diz Warner. – Isso não é bom.

Jura mesmo?

O tremor continua pelo que parece ser uma eternidade, e, quando termina, o corpo dela está completamente mole. A cabeça cai para a direita e uma gota de baba escorre do canto de seus lábios. Warner coloca a mão no peito dela e abaixa a cabeça até o nível da boca dela.

– Merda – diz ele. – Ela não tá respirando.

Cubro a boca com a mão.

– Ela não tá...

Dou um passo para trás, observando impotente enquanto Warner faz uma massagem cardíaca em Lindsay. Observo seus braços musculosos batendo contra o peito frágil dela. Ele conta calmamente até quinze a cada compressão e, em seguida, respira duas vezes dentro da boca de Lindsay. A cada minuto, mais ou menos, para e olha para o peito dela, depois mede seu pulso.

Graças a Deus, Warner está aqui. Ele sabe o que está fazendo. Ele vai salvar Lindsay.

Noah está ao meu lado, observando com a mesma expressão horrorizada que devo ter no rosto. Em algum momento, sinto seu braço em volta dos meus ombros. Mal percebo.

– Ela vai ficar bem – murmura ele.

– Alguém tem sinal no celular? – pergunta Warner entre as compressões.

Minhas mãos tremem quando tiro o celular do bolso. Faço uma oração silenciosa para mim mesma. Mas acontece exatamente o que eu imaginava. Não tem serviço.

Noah está com o celular na mão. Meus olhos se iluminam quando percebo que ele tem uma única barra. Mas em seguida ele balança a cabeça.

– Sem serviço – diz ele.

Devo estar tendo alucinações. Estou vendo miragens de barras em telefones celulares.

Warner a massageia por mais dez minutos. Fico parada, observando-o. Ele repete esse processo sem parar. Compressões, insuflações, compressões, insuflações, verificação de respiração, verificação de pulso. Cada vez que ele verifica, prendo a respiração, esperando que ele diga que ela voltou. *Ela está bem.*

Mas então ele cai no chão ao lado dela. Coloca as mãos sobre os joelhos e fica encarando Lindsay com os olhos vidrados.

– Eu acho que... ela se foi...

– Se foi?! – grito. – Do que você tá falando?

Warner ergue os olhos lacrimejantes para me encarar.

– Ela morreu.

– Não! – Eu me afasto de Noah e me abaixo ao lado de Lindsay. Pego sua mão esquerda completamente mole. – Não é possível! A única coisa que ela fez foi comer umas frutas...

– Se era beladona... – diz Jack.

– Cala a boca! – grito. – Ela só comeu essas frutas porque estamos perdidos nessa porcaria de floresta há horas! Por que não conseguimos encontrar essa pousada maldita? Por que não conseguimos...

Não consigo nem terminar a frase, porque estou chorando muito.

Como isso pode estar acontecendo? Deveríamos estar deitados na jacuzzi agora com uma taça de espumante. Em vez disso, estamos perdidos na floresta e Lindsay está morta. *Morta!* Como a Lindsay pode estar morta? Ela é minha melhor amiga! Minha colega de quarto na faculdade. Minha madrinha de casamento. A madrinha das crianças. Ela era tão jovem, saudável e...

Sinto os braços de Jack ao meu redor. Soluço em seu peito como não chorava há anos. Por que fui fazer essa viagem? Não sei nada sobre a natureza selvagem. Só queria passar uma semana fora. Isso é tão terrível assim?

Ah, Lindsay...

Quando me afasto de Jack, há manchas molhadas em sua camisa por conta das lágrimas e dos meus olhos sujos de rímel. Por um momento, tento controlar minhas emoções, mas não há esperança de que isso aconteça. Minhas pernas cedem e caio no chão. Aperto punhados de terra nas palmas das mãos enquanto respiro fundo.

– Lindsay – sussurro.

Ela parece tão tranquila, deitada ali. Parece impossível acreditar que ela se foi.

Conheci Lindsay no meu primeiro dia de faculdade. Eu estava tão nervosa imaginando quem seria minha nova colega de quarto que sentia um frio na barriga sempre que pensava nisso. Tinha ouvido muitas histórias aterrorizantes sobre colegas de quarto horríveis e, quando Lindsay entrou com seu lindo cabelo loiro com corte bob e seu sorriso tímido, não pude deixar de abraçá-la. Ela riu e me abraçou de volta.

Lindsay nunca mais vai me abraçar de novo.

Quando as crianças nasceram, não havia mais ninguém que eu pensasse em convidar para ser madrinha delas. As crianças adoram a tia Lindsay. Embora tenhamos nos distanciado um pouco desde que fomos morar longe da cidade, ela sempre leva um monte de presentes para eles quando vai lá em casa.

O que vou dizer a Aidan e Emma?

– Claire? – É a voz do Jack. – Você tá bem?

– Não! – Enterro o rosto nas mãos. – Eu não tô bem!

É tudo culpa minha. Lindsay queria ficar para trás, e eu disse que não. Disse que deveríamos ficar com o grupo. Se eu tivesse ficado no carro com

Lindsay, ela estaria viva agora. Ou se eu tivesse me esforçado mais para convencê-la a não comer aquelas frutas...

Sinto vontade de desistir. Sinto vontade de me deitar na terra e não dar mais nem um passo.

– O que vamos fazer agora? – pergunta Michelle.

Isso é a Michelle todinha. Minha melhor amiga está deitada no chão, *morta*, o corpo dela ainda nem esfriou, e Michelle está planejando nosso próximo passo. Levanto a cabeça e olho para ela. De nós cinco, ela parece ser, de longe, a menos exausta. Seu cabelo preto não tem um fio fora do lugar, e até a maquiagem está intacta.

Atiro um olhar lancinante para ela.

– Que diferença faz?

– Que diferença faz? – repete ela.

Ela me encara de um jeito incisivo que me lembra que eu provavelmente não deveria estar chorando nos braços do marido dela. Eu nem pensei nisso na hora, mas agora imagino o que todos os outros devem estar achando, principalmente Michelle. A verdade é que tenho medo dessa mulher.

– A diferença é que *ainda estamos perdidos*. Não temos comida nem água, e já é noite. Precisamos continuar andando.

Eu me levanto.

– A gente não pode deixar a Lindsay aqui.

Michelle me encara fixamente.

– Ela está *morta*, Claire. E se não nos mexermos, em breve estaremos também.

Balanço a cabeça.

– Estou surpresa com você. – Michelle estala a língua. – Você tem dois filhos pequenos te esperando em casa. Você realmente não se importa em voltar pra eles em segurança?

Respiro fundo. Ela tem razão. Se eu tivesse comido aquelas frutas como Lindsay, poderia estar deitada no chão ao lado dela: morta. Emma e Aidan não teriam mais mãe. De repente, a saudade dos meus filhos se torna tão intensa que sinto que estou sufocando.

Mas, ao mesmo tempo, não consigo me imaginar deixando Lindsay aqui desse jeito, deitada no chão. E se os animais começarem a *devorá-la*? Fico enjoada só de pensar em carniceiros mastigando sua pele. Ela não merece isso. Mesmo estando morta.

Meu Deus, não acredito que ela morreu. Lindsay, Lindsay...

– Warner – digo em tom de súplica. Ele parecia assombrado quando se afastou do cadáver de Lindsay. Não é possível que queira continuar andando. – Você acha que devemos ficar, não acha?

Warner enxuga os olhos com as costas da mão. Olha para Lindsay com as sobrancelhas castanho-claras franzidas.

– Eu... – Ele dá um pigarro. – Na verdade, eu... acho que a Michelle tem razão. Temos que continuar andando.

Eu o encaro com descrença.

– O quê? Tá falando sério?

Ele solta um longo suspiro.

– A gente precisa. É nossa única esperança. É o que a Lindsay iria querer.

Fico de queixo caído. Não acredito que outras pessoas estejam concordando com isso. Ainda mais Warner, o cara que estava dormindo com Lindsay e pelo visto tão apaixonado por ela que pretendia pedi-la em casamento essa semana. Ele deveria estar demonstrando um pouco mais de pesar pela mulher com quem quase se casou. Deveria estar chorando com a cara enfiada nas mãos, e não falando esse monte de bobagens sobre Lindsay querer que abandonássemos seu corpo aqui no meio da floresta.

– Você tá de brincadeira – digo. – Você não tá *triste*? Não podemos parar por cinco minutos pra sofrer por ela?

Ele contrai os lábios carnudos.

– O que você quer que eu diga? Eu estou triste. É claro que estou. A Lindsay era uma mulher linda. Isso é uma tragédia. – Ele respira fundo. – Mas a gente morrer aqui não vai ajudar em nada a Lindsay.

Olho para Jack. Ele não disse uma palavra sobre o assunto. Mas vai me apoiar. Ele conhece a Lindsay há quase tanto tempo quanto eu e se preocupa comigo mais do que qualquer outra pessoa deste grupo, inclusive meu próprio marido. Não é a primeira vez que imagino que tipo de vida eu teria se tivesse trocado Noah por Jack naquela festa na faculdade.

– Jack...?

– Eu concordo com a Michelle e o Warner – diz ele calmamente. – Precisamos continuar andando.

Jogo a cabeça para trás como se tivesse levado um tapa. Sei que eles estão apenas sendo racionais, é óbvio. Não é que eu *queira* ficar presa aqui no meio do nada. Não é que eu queira morrer de fome ou de sede. Quero voltar para casa, para minha família. Mas, ao mesmo tempo, não consigo imaginar deixar Lindsay assim.

Mas o que devo fazer? Ficar aqui sozinha com um cadáver?

– Assim que chegarmos à pousada – diz Jack –, enviamos alguém pra… recolher ela.

– *Recolher ela?* – Como ele pode ser tão frio? – E se não conseguirem encontrar ela? Ou se for tarde demais e ela já tiver sido…

Não consigo nem mesmo dizer as palavras. Não consigo pensar em animais rasgando o cadáver da minha melhor amiga. Tento olhar nos olhos castanhos de Jack, mas ele os desvia.

– Vamos andando – diz Warner. – Não deve demorar muito mais.

Jack coloca a mochila nos ombros e segue Warner. Michelle faz o mesmo. Fico parada, olhando para o corpo imóvel de Lindsay. Não consigo simplesmente deixá-la. *Não consigo.*

– Ei.

Viro a cabeça e vejo Noah atrás de mim. Sei lá como, praticamente havia esquecido que ele estava conosco. Ele se afastou quando abracei Jack. Se disser uma palavra sobre isso, juro por Deus que vou perder a cabeça.

– Ei – digo, conseguindo contornar o nó na garganta.

– Escuta. – Ele esfrega a parte de trás do pescoço. – Se você quiser ficar pra trás, eu fico com você.

Fico olhando para ele: era a última coisa que eu esperava que ele dissesse.

– Sério?

Ele assente.

– Sim, você… você não pode ficar aqui sozinha.

Olho para a frente. Os outros já ganharam muita distância de nós. Se esperarmos muito mais, não conseguiremos alcançá-los. O que quer que eu decida, tenho que decidir agora mesmo.

– Você acha que estou sendo burra de querer ficar pra trás? – pergunto.

Noah balança a cabeça.

– A Lindsay era sua melhor amiga. Não te julgo. – Ele suspira. – Tudo isso não parece real, sabe?

Assinto. Volto a olhar para a frente, para os outros. Estou péssima pelo que aconteceu com Lindsay. Mas poderia facilmente ser eu deitada no chão neste momento. Eu escapei da morte por um triz.

Pelo menos, por enquanto. A realidade assustadora é que não temos muita água. E não vamos conseguir sobreviver por muito tempo se acabar. Imagino Penny dizendo a meus filhos que os pais não conseguiram voltar para casa. Que eles vão ter que crescer sem nós. Imagino como ambos iam desmoronar.

Tenho que continuar andando. Por Emma e Aidan.

– Acho melhor ficarmos com os outros – digo por fim.

– Tá bem – concorda ele.

Colho uma flor do chão. É a cor favorita de Lindsay: roxo. Com cuidado, coloco a flor sobre seu peito. Beijo a ponta dos meus dedos e depois os pressiono delicadamente na bochecha de Lindsay. Ela ainda está quente, mas daqui a uma ou duas horas seu corpo vai estar gelado. Não quero pensar nisso. Eu me endireito e começo a andar na direção em que os outros foram. Noah segue ao meu lado, embora mantendo uma distância respeitosa.

– Obrigada por se oferecer pra ficar.

Ele fica em silêncio por um instante.

– Estou muito feliz por você não ter comido nenhuma daquelas frutas.

Eu também.

QUINZE
CLAIRE

Já estamos caminhando por mais quase uma hora quando ouço um grito de mulher vindo da frente.

Depois do que aconteceu com Lindsay, meu coração dispara de imediato. Faz mais ou menos meia hora que estou andando sozinha. No começo, Noah estava ao meu lado, mas depois ele foi à frente para ver como andava a orientação. Não sei nem por onde começar a ler um mapa e a discussão sobre qual caminho seguir estava me estressando, então fiquei para trás. De qualquer maneira, não tenho vontade de falar com ninguém: só consigo pensar em Lindsay. Toda vez que fecho os olhos por um momento, vejo seu rosto pálido.

Olho para o chão a maior parte do tempo, tentando não tropeçar em nenhum galho. Mas agora ergo a cabeça com atenção, tentando entender o que acabou de acontecer. A única outra pessoa no nosso grupo que poderia ter dado um grito daquele é Michelle.

Será que ela viu algum animal selvagem?

Corro para alcançar os outros. Ao me aproximar, vejo que Michelle está sentada no chão, segurando o tornozelo esquerdo. Seu rosto está rosado e seu coque preto se desfez um pouco. Até o batom saiu. É a primeira vez que isso acontece.

– Você tá bem, Michelle? – pergunto.

– Eu *pareço* bem? – retruca ela.

– Ela tropeçou e torceu o tornozelo – explica Jack.

De repente, não me sinto tão idiota por ter mantido os olhos no chão.

Michelle dá um gemido e levanta a perna da calça. O tornozelo já parece inchado; é provável que vá ficar roxo logo. Eu me arrepio só de ver.

– Não acredito que fiz isso... – diz ela, gemendo.

– Consegue apoiar o peso? – pergunta Warner.

– Vou tentar. – Ela estende a mão para Jack, que a levanta. Com cuidado, tenta se apoiar na perna esquerda e grita de novo. – Ai, meu Deus...

– Pode ser que tenha fraturado – diz Warner.

– Não. – Michelle cerra os dentes. – Eu *não posso* ter fraturado o tornozelo. – Os olhos dela se enchem de lágrimas. – Você não está entendendo. Eu não tenho *tempo* pra isso. Não tenho tempo pra *nada* disso. – Ela se abaixa até o chão. – Nunca deveria ter vindo nessa viagem idiota. Só vim porque...

Ela ergue os olhos pretos e me encara. É impossível não perceber a acusação naquele olhar. Será que ela sabe sobre mim e Jack? Será que só veio para ficar de olho em nós dois?

Baixo os olhos. Não tenho como lidar com isso agora. Preciso concentrar toda a minha energia em chegar àquela pousada. Em sobreviver para poder voltar para meus filhos.

– Alguém está com sinal? – pergunta Jack.

Pego o celular na bolsa. Tenho verificado de tempos em tempos, mas não olho há pelo menos meia hora. Levanto o aparelho no alto; nada. Pior, a bateria está acabando. Provavelmente, eu deveria desligar o telefone para não esgotar a bateria por completo enquanto ele busca uma conexão, mas não consigo me obrigar a fazer isso.

– O que eu vou fazer? – Michelle geme. – Não consigo andar desse jeito...

– Mas a gente precisa encontrar a pousada – insiste Warner. Ele olha para o relógio. – Assim que a encontrarmos, voltamos pra te buscar.

O pânico no rosto de Michelle é inegável. Ela estende a mão e agarra o braço de Jack com força suficiente para que ele se assuste.

– Você não pode me deixar aqui.

Ele se contorce.

– Michelle...

Ela crava os dedos no antebraço dele. Eu não ficaria surpresa se tiver tirado sangue.

– Nem pense nisso.

– Tá bem, tá bem. – Ele força um sorriso. – Olha só, estamos todos exaustos. Acho que deveríamos acampar aqui pra passar a noite e recomeçamos pela manhã quando estivermos descansados.

– Acampar aqui? – Warner olha para a floresta ao redor, densamente povoada de árvores e galhos. Agora que está escuro, é difícil ver mais do que um metro e meio à nossa frente. – Você tá brincando.

Por mais que eu não goste do Warner, ele tem razão. Este não parece ser um bom lugar para montar acampamento e passar a noite.

Jack olha para cima.

– Nós passamos por uma clareira há alguns minutos. Podemos acampar lá. É só pra passar a noite. Posso fazer uma fogueira.

O belo rosto de Warner fica sombrio. À luz da lua, suas feições perfeitamente esculpidas são quase assustadoras. Como a coitada da Lindsay pôde ter se apaixonado por esse homem?

– Estamos quase sem comida e água. Precisamos continuar andando.

Ao mencionar comida e água, meu estômago ronca. Se eu encontrasse um monte de frutas silvestres agora mesmo, acho que não resistiria. Mas a necessidade mais urgente é a sede. Jack tem compartilhado o que sobrou em sua garrafa d'água, mas já está acabando. Eu poderia beber tudo de uma só vez, mas temos que dividir entre nós cinco.

E, pela manhã, não teremos nada.

– Vi dois coelhos indo para o norte – diz Jack. – Tenho certeza de que, se seguirmos as pegadas deles, vamos encontrar uma fonte de água.

Warner range os dentes.

– Contaminada com Deus sabe o quê...

Por mais que Michelle não seja minha pessoa favorita, não consigo imaginar a possibilidade de deixá-la aqui. Já foi difícil o bastante deixar Lindsay. Michelle deve estar apavorada agora, segurando o tornozelo esquerdo com uma das mãos e se abraçando com a outra.

Foi pura sorte Michelle torcer o tornozelo em vez de mim. Embora eu tenha mantido os olhos no chão, passei por alguns apuros com galhos perdidos. Poderia facilmente ter caído e torcido o tornozelo. E então seria eu que estaria implorando para todo mundo não me abandonar.

– Acho que deveríamos passar a noite aqui – digo.

– Eu também – concorda Noah.

O rosto de Warner se contorce em uma careta. Ele cruza os braços musculosos.

– Bem – diz ele –, quem tá com o mapa sou eu.

Como é que é? Ele está ameaçando ir embora sozinho com o mapa e deixar a gente para trás? Honestamente, eu até preferia que ele nos deixasse em paz. Ele me dá arrepios. Não sei como conseguiu enrolar a Lindsay, fazendo-a pensar que era um cara legal – ou talvez essa situação tenha trazido à tona seu lado sombrio.

Por outro lado, fico inquieta ao pensar em ficar presa aqui sem um mapa.

– Olha, estamos todos cansados – argumenta Jack. – Vamos circular muito melhor quando estiver claro. E não vou deixar minha esposa sozinha aqui.

Warner está de pé, com o vento agitando seus cabelos dourados. A impressão é a de que ele está pensando no que fazer em seguida. Por fim, assente.

– Tá bem. Vamos dormir aqui esta noite.

Parece que vamos montar acampamento.

DEZESSEIS
CLAIRE

Encontramos a clareira e nos acomodamos lá. Não é excelente, mas pelo menos é um espaço aberto e de solo firme, sem árvores nem galhos espinhosos. Jack sugere que a gente junte folhas para formar camas improvisadas para cada um de nós, mas são incomparáveis à cama king size da pousada. Se fechar os olhos, posso me imaginar afundando nos lençóis de seda e no colchão de espuma viscoelástica, puxando o edredom de plumas sobre mim. A imagem é quase dolorosa.

Mas a pior parte é a constatação de que não vou poder falar com Emma e Aidan esta noite. A essa altura, Penny provavelmente já colocou os dois na cama e desistiu de tentar falar comigo. Eu havia prometido a Emma que nos falaríamos hoje à noite. Eu a imagino acordada na cama, com a testinha franzida de preocupação.

Queria muito poder falar com ela. Daria tudo para ouvir sua voz por um minuto e dizer a ela que estou bem.

Enfio a mão dentro da bolsa e minhas mãos tremem de desespero. É claro que ainda não há sinal, e a bateria está em cinco por cento. Na próxima vez que eu pegar o telefone, pode ser que a bateria esteja descarregada: essa pode ser minha última chance. Ergo o aparelho, tentando desesperadamente obter pelo menos uma barrinha. Só uma.

Nada.

Tento não pensar nos meus filhos ou na minha melhor amiga morta enquanto começo a juntar o máximo de folhas que consigo. Conforme monto minha cama improvisada, olho para Michelle, cujo tornozelo direito está enrolado com uma atadura do kit de primeiros socorros de Jack. Obviamente, ela não consegue juntar as próprias folhas.

– Quer que eu faça uma cama pra você? – ofereço.

Estou tentando ser simpática, embora não tenha certeza se o gesto é suficiente para compensar o fato de, sabe como é, ter dormido com o marido dela.

Michelle mal levanta os olhos.

– Pode ser.

Ela não poderia parecer menos agradecida. Mas, a bem da verdade, Michelle nunca foi muito efusiva. De todo modo, começo a recolher algumas folhas para ela. Não espero que ela faça um estardalhaço ao me agradecer. Está machucada e provavelmente sente dor.

– Eu torci o tornozelo uma vez – digo.

– Humm – responde Michelle.

Pego uma folha do chão que está mais enlameada do que eu pensava. Minhas mãos estão cheias de lama. O barro está incrustado nas minhas unhas e não tem como limpar sem uma fonte de água.

– Eu estava descendo a escada na escola – continuo – e torci o tornozelo no último degrau.

– Humm – repete ela.

– Foi um pouco antes do baile de formatura. – Limpo as mãos no short. – Eu me lembro de como fiquei chateada. Na época, parecia a pior coisa que poderia ter acontecido comigo. Que bobagem, né?

Olho para Michelle, que está mexendo em sua bolsa.

– Michelle?

– Ah. – Ela me lança um olhar de tédio. – Desculpa, não percebi que sua historinha ainda não tinha acabado. O que você perguntou?

– Deixa pra lá – murmuro.

Jack retorna à clareira com os braços cheios de galhos. Michelle o recompensa com um grande sorriso, mas fico pensando se ela faz isso só para me irritar. Mesmo antes de Michelle ter um motivo, ela nunca gostou de mim. Senti isso desde a primeira vez em que nos vimos: foi como se ela tivesse olhado para mim e concluído que eu não valia seu tempo nem sua energia. Mas nunca senti essa animosidade de maneira tão intensa quanto agora.

Jack começa a fazer uma fogueira e, enquanto isso, continuo juntando folhas. Noah o ajuda a catar galhos de vários tamanhos, inclusive alguns grandes. Jack faz um pequeno círculo de pedras e, em seguida, coloca os galhos com cuidado dentro dele em uma espécie de padrão que aprendeu quando era escoteiro. Eu achava que ele teria que esfregar dois gravetos para fazer fogo, mas, felizmente, ele trouxe um isqueiro. Em pouco tempo, conseguimos acender uma fogueira considerável.

Enquanto aliso as folhas no chão para montar a cama de Michelle, ouço um ruído ao longe. Faço uma pausa para ouvir. Depois, ouço de novo.

Parece um uivo.

– O que foi isso? – pergunto.

– Não ouvi nada – responde Jack.

Meus braços ficam arrepiados apesar do fogo. Esfriou muito na última hora.

– Parecia um lobo.

Houve um período em que Aidan ficou muito interessado em lobos, quando teve que fazer uma pesquisa sobre eles no quarto ano. Ele costumava compartilhar fatos aleatórios relacionados aos animais. Foi assim que aprendi que lobos geralmente andam em grupos. Portanto, se tem um lobo por aí, provavelmente há mais de um.

Jack balança a cabeça enquanto cutuca o fogo com um graveto.

– Não há lobos por aqui.

– Como você sabe?

Ele dá de ombros.

– Não há lobos nessa região, só isso.

– Bem, talvez eles tenham vindo de *outra* região. – Olho para Michelle, que está sentada encostada em uma árvore, a perna direita enfaixada apoiada em sua bolsa gigantesca para reduzir o inchaço. – Você ouviu?

Ela nem sequer ergue os olhos.

– Não.

Nenhuma surpresa.

– Talvez tenha sido o vento – sugere Jack.

Não foi o vento. Foi um animal selvagem. Eu sei disso. Não consigo deixar de pensar naquelas marcas de garras na árvore.

Warner entra na clareira com mais alguns galhos, que atira no fogo. Fico com vontade de perguntar se ele ouviu o ruído, mas tenho a sensação de que a resposta é não. Não preciso de mais uma pessoa fazendo com que eu me sinta paranoica.

– Pode ter sido um coiote – comenta Jack. – Há muitos coiotes por aqui.

– O que pode ter sido um coiote? – pergunta Warner.

Michelle bate o pé no chão.

– A Claire ouviu um barulho. Deve ter sido o vento.

Esfrego os braços para me aquecer e tento ignorar Michelle.

– Coiotes são perigosos?

– Normalmente, não. – Jack dá de ombros. – Eles costumam ter medo de pessoas. Em especial, as que estão na floresta. Duvido que se aproximariam de nós.

– A menos que estejam com raiva – comenta Warner.

Jack o encara.

– Não tem coiotes raivosos nessa floresta.

– Por que não? – Warner estala os dedos ruidosamente. – Porque você não quer que tenha?

Jack balança a cabeça.

– Não tem, só isso. Enfim, deve ter sido o vento.

No entanto, não consigo tirar as palavras de Warner da cabeça. Se um coiote raivoso invadir essa clareira, já era. Não temos uma arma. O coiote certamente acabaria mordendo pelo menos um de nós antes que conseguíssemos contê-lo. Pelo menos, não sou o alvo fácil. Se eu fosse Michelle, estaria apavorada neste momento: o coiote com certeza a pegaria primeiro.

Por fim, nos acomodamos em volta do fogo. As chamas amarelas crepitam ao redor da madeira que Jack juntou, e o calor irradia em nós. Jack está com o braço ao redor de Michelle, e ela se aconchega nele. Noah está ao meu lado, mas não estamos nos aconchegando. Não me lembro da última vez que isso aconteceu. Caramba, a gente mal se toca hoje em dia.

Warner está sentado à minha frente. Tem as pernas dobradas diante do corpo e encara o fogo com olhos vidrados. Fico imaginando se está pensando em Lindsay. Agora que ela não está aqui, a presença dele parece realmente aleatória. Não sabemos nada sobre o sujeito, e não gosto do pouco que sei. Gostaria que ele simplesmente desaparecesse.

Sinto uma coceira intensa no lado esquerdo do meu pescoço e dou um tapa.

– Estou sendo comida viva aqui.

– Pois é. – Jack bate em algo no ar. – Tem muito mosquito aqui. Talvez eu tenha um repelente na mochila.

Ele vasculha até encontrar um frasco de spray. Passa para mim, e dou uma borrifada generosa nos braços e pernas. Não sei se vai ajudar, mas o cheiro é horrível. Entrego o frasco a Noah, que dá uma borrifada nos braços. Ele foi esperto o suficiente para estar de calça jeans, ao menos. Oferece o frasco para Warner, que recusa.

– Os mosquitos nunca me picam – diz ele.

– Que sorte – murmuro. – Eles *sempre* me picam.

Warner se mexe no lugar.

– Deve ser seu tipo sanguíneo.

– Meu... tipo sanguíneo?

Ele assente.

– Eu sou A+, que não é a preferência da maioria dos mosquitos. – Ele me olha de cima a baixo. – Qual é o seu tipo sanguíneo?

A coceira nos meus braços aumenta ainda mais. Warner está me deixando desconfortável.

– Não sei.

– Não *sabe*? – Ele olha para mim como se eu tivesse cometido um pecado mortal. – Como você não sabe seu tipo sanguíneo?

Dou de ombros, sem poder fazer nada.

– Eu... simplesmente não sei.

– O meu é AB+ – diz Michelle, se intrometendo.

Obrigada pela informação.

– É muito perigoso não saber seu tipo sanguíneo, Claire. – Os olhos azuis de Warner estão fixos em mim. – E se você sofresse um acidente grave e perdesse muito sangue?

– Eu... – Há um zumbido no meu ouvido esquerdo. Outro maldito mosquito. – Eu não sei...

Ele balança a cabeça.

– Pode ser uma questão de vida ou morte. Não saber algo assim...

Antes que eu possa dar outra desculpa, Noah fala:

– Ela é O+.

Olho para ele, surpresa.

– Como você sabe disso?

Ele dá um sorriso torto.

– Lembro que o médico disse quando você estava grávida do Aidan.

Sinto uma súbita e surpreendente onda de afeto pelo meu marido. Considerando todas as coisas que ele esqueceu ao longo dos anos, incluindo meu aniversário no ano passado, não esperava que se lembrasse do meu tipo sanguíneo. Suponho que se eu sofresse um acidente grave, ele salvaria minha vida.

– É por isso que os mosquitos picam tanto você – explica Warner. – Mosquitos adoram sangue tipo O.

Bem, que sorte a minha.

Jack está novamente revirando a mochila.

– Então, temos mais ou menos um quarto da garrafa d'água – anuncia ele. – Se terminarmos com ela agora, com sorte vamos conseguir encontrar água pela manhã.

A ideia de não conseguir encontrar água no dia seguinte é impensável. Parte de mim fica se perguntando se deveríamos conservar um pouco da água restante, mas estou com *muita* sede. E um quarto de garrafa dividido entre cinco pessoas não é muito.

Jack puxa a tampa da garrafa com o restante da nossa preciosa água. Deixa Michelle tomar alguns goles primeiro, depois ele mesmo bebe e passa a garrafa para Warner. Quase não sobrou nada quando chega a Noah.

Ele olha para mim, dá um gole rápido e depois me passa o restante. Não parece mais vazia do que quando Warner terminou.

– Você bebeu o suficiente? – pergunto a Noah.

Ele assente.

– Eu tô bem.

Bem, certamente não vou forçá-lo a beber mais. Inclino a garrafa para trás e deixo o restante escorrer pela minha garganta. A água tem um leve gosto de calcário, mas eu poderia beber um galão dela a essa altura. É quase doloroso ter que parar. Quero abrir a garrafa e lamber o lado de dentro.

Devolvo a garrafa vazia a Jack. Ele a guarda na mochila. Espero que a gente encontre água amanhã de manhã. Não quero nem pensar em como vai ser se isso não acontecer.

Dou um pigarro.

– Ei – digo. – Eu tava pensando, talvez todos nós pudéssemos dizer qual é a nossa lembrança favorita da Lindsay.

As outras quatro pessoas ao redor da fogueira não poderiam parecer menos entusiasmadas com a ideia.

– Hã, claro... – diz Jack. – Acho que seria... legal.

Fico com vontade de agradecer a ele, mas não quero dar nenhum motivo para que Michelle fique mais desconfiada do que já está.

– Quer começar, Claire? – pergunta Jack.

– Claro. – Eu me ajeito no chão, tentando me sentir confortável na terra. Não tenho mais o hábito de me sentar no chão com as pernas cruzadas. Não desde o jardim de infância. – Acho que minha lembrança favorita da Lindsay é da faculdade. Eu tinha acabado de descobrir que um namorado babaca estava me traindo...

– O Noah? – pergunta Michelle.

Parece que ela está me provocando, mas também há certo tom em sua voz. Tenho certeza de que já entendeu que meu casamento está um caos. Não é preciso ser uma advogada de divórcios para perceber isso.

– Não. Um outro cara. – Faço uma estrela na terra com a ponta do dedo. – Namorei com ele um ano antes de ficar com o Noah. – Olho para o meu marido, mas seus olhos estão voltados para os tênis sujos de lama. – Enfim, quando cheguei em casa, estava prestes a chorar. Então a Lindsay sugeriu que fôssemos à cozinha do dormitório e passamos a noite lá, assando e comendo cookies com gotas de chocolate.

Não conto a eles todos os detalhes daquela noite. A maneira como Lindsay acariciou meu cabelo para fazer com que eu me sentisse melhor. Sobre termos feito um cookie quase todinho de gotas de chocolate. Sobre termos sido pegas no meio daquela travessura pelos inspetores do dormitório, e Lindsay ter assumido toda a culpa.

Já sinto muita falta dela. Não consigo acreditar que ela se foi. Nunca vou me perdoar por ter deixado isso acontecer com ela.

– Muito bem, eu tenho uma. – Jack cutuca o fogo com um graveto.

– Minha lembrança favorita da Lindsay é o dia em que a conheci. Eu estava carregando para o quarto uma caixa que minha mãe havia me mandado e vi uma garota muito bonita na escada... fiquei tão atrapalhado que deixei cair tudo e a caixa abriu. Voou brownie pra todo lado! – Ele sorri. – Mas a melhor parte é que a Lindsay e eu comemos os brownies do chão mesmo.

– Eca! – Dou risada.

– Tudo bem. – Jack dá um tapinha na barriga. – Tenho um estômago forte. – Ele dá um apertão em Michelle. – E você?

Michelle franze a testa.

– O quê?

– Qual é a sua lembrança favorita da Lindsay? – pergunta ele.

– Ah. – Ela dá de ombros. – Eu não conhecia a Lindsay muito bem.

– É, mas você deve se lembrar de alguma coisa sobre ela...

Michelle range os dentes. Não quer participar da brincadeira. Para falar a verdade, acho que Michelle não gostava mais da Lindsay do que gosta de mim. E a Lindsay não gostava muito da Michelle. *Ela é tão fria, como se não tivesse sentimentos de verdade,* era o que Lindsay costumava dizer.

– O cabelo dela era bonito – diz Michelle por fim.

Lanço um olhar de reprovação a ela. É claro que, se Lindsay estiver em algum lugar lá em cima ouvindo, penso que não terá achado ruim. Ela ia gostar de ser lembrada pelo cabelo bonito.

– Eu tenho uma – diz Noah.

Seus olhos castanho-claros estão encarando a fogueira, e há o fantasma de um sorriso em seus lábios. Isso me faz perceber a pouca frequência com que vejo Noah sorrir hoje em dia.

– Então, quando eu decidi pedir a Claire em casamento, pedi a ajuda da Lindsay pra escolher um anel...

– Jura? Eu não sabia disso.

Ele sorri.

– Pois é, e você tem sorte de eu ter feito isso. Você não imagina o anel que eu teria escolhido sozinho. – Ele dá de ombros. – Enfim, ela me ajudou a escolher o anel e até negociou um preço melhor. Quer dizer, era uma joalheria chique e, sei lá como, ela estava pechinchando com eles. Mas funcionou. Eu nunca teria encontrado um anel tão lindo sem ela.

– Era um anel muito bonito – digo suavemente.

Nunca uso meu anel de noivado porque é bonito demais. Tenho medo de perdê-lo ou de ser assaltada ou algo assim.

Ele está com o olhar distante.

– E ela me fez repensar o que eu ia fazer na hora do pedido. Ela insistiu que eu tinha que me ajoelhar, mesmo achando brega. Ela falava assim: "Noah, ajoelhar *não* é opcional."

Sinto um sorriso tocando meus lábios.

– Eu amei muito o pedido.

– É, bem... – Seus olhos voltam para os tênis. – Eu queria muito, muito que você aceitasse.

Era impossível que eu não aceitasse me casar com Noah. Tínhamos nos formado alguns anos antes e já estávamos morando juntos. Apesar de estarmos namorando desde a faculdade, eu ainda era completamente apaixonada por ele. Ele podia ter me pedido em casamento com um anel de *cebola* e eu teria aceitado. Mas adorei o fato de ele ter se ajoelhado no meio de um restaurante bacana e me presenteado com o anel mais bonito que eu já tinha visto na vida.

– E você, Warner? – pergunta Jack.

Warner franze a testa.

– Não sei. Não tenho uma lembrança favorita.

– Você não tem *nenhuma* lembrança da Lindsay? – Provavelmente, isso saiu um pouco mais incisivo do que eu pretendia. – Nenhuminha?

– Na verdade, não. Nada que se destaque.

Algo nesse homem está realmente começando a me irritar.

– Mas vocês namoraram por seis meses. Como você não tem nenhuma lembrança dela?

– Eu tenho lembranças da Lindsay – responde Warner pacientemente. – Só acho que não vale a pena mencionar nenhuma delas.

Cruzo os braços.

– Ela me disse que achava que você ia pedir a mão dela em casamento essa semana.

Ele fica boquiaberto.

– Ela falou isso?

– Falou, sim.

Um sorriso malicioso surge nos lábios dele.

– Bem, acho que ela teria ficado muito decepcionada.

Fico olhando para ele, piscando os olhos.

– Ela me contou que você deu a entender que estava pesquisando anéis.

– É, bom. – Warner chuta a terra com a sola do sapato. – A Lindsay tinha uma imaginação muito fértil, como com certeza você sabe.

Quero me levantar de um pulo e estrangular Warner com minhas próprias mãos. Elas se fecham em punhos, mas antes que eu possa fazer qualquer besteira, sinto a mão de Noah na minha perna. Olho para ele, que balança a cabeça.

– Não vale a pena – diz ele baixinho.

Ele tem razão. Que diferença faz se Warner teria partido o coração da Lindsay ou não? Enfim, a essa altura não há nada que eu possa fazer a respeito. Melhor deixar para lá. Depois dessa semana, nunca mais verei Warner na vida.

– Estou exausta – anuncia Michelle. – Ainda vamos ficar lembrando ou podemos dormir?

Quero ficar irritada com Michelle pelo comentário, mas preciso admitir que também estou cansada. Não consigo sequer manter os olhos abertos. Todos concordam com a cabeça, e, com a fogueira ainda acesa, nos enrolamos no chão desconfortável da floresta para tentar dormir um pouco. Michelle e Jack se aninham juntos, e sinto uma pontada de ciúme. Noah e eu estamos dormindo tão distantes um do outro quanto na nossa cama em casa.

O chão é desconfortável. Não, desconfortável é pouco. Nunca me considerei nenhuma princesinha, mas dormir no chão de terra não é bom; as folhas não ajudam em nada. Uma pedra me cutuca na parte inferior das costas e há uma planta ou coisa do tipo que me perfura a omoplata. De repente, todas as saliências do meu corpo estão doendo.

Viro de lado, esperando que seja melhor. Mas não é. Tento ficar de costas de novo. Essa é provavelmente a melhor posição, mas está longe de ser confortável. Eu daria meu dedo mindinho por um travesseiro ou um cobertor. Caramba, daria dois dedos por isso.

Estou muito cansada. O céu está nublado, mas ainda consigo ver a lua lá em cima. É lua cheia, e há algo quase hipnótico nela. Começo a fechar os olhos. Até que...

Ouço um uivo.

Eu me sento de repente, subitamente acordada.

– Vocês ouviram isso?

Michelle dá um gemido.

– Ai, meu Deus, Claire, vai dormir!

– Algo uivou. – Meu coração está batendo forte enquanto olho em volta. – Ninguém mais ouviu?

– Acho que você tá ouvindo coisas de novo – diz Jack.

Meu rosto queima. Ele vai ficar do lado dela. Sim, é a esposa dele. Mas ele não a ama. Meu relacionamento com Jack tem sido a única coisa que me mantém firme nos últimos meses. É muito difícil vê-lo todo amoroso com a esposa, mesmo sabendo que é puro fingimento.

Noah se senta, esfregando os olhos.

– Eu ouvi.

Nesse momento, eu o perdoo por todos os rolos de papel higiênico que ele não repôs ao longo dos anos.

– Ouviu?

Ele assente.

– Parecia um lobo, um coiote ou algo assim.

– Deve ter sido só o vento – insiste Jack. – Mas, seja lá o que for, está muito longe. Eu não ficaria preocupado, ainda mais com uma fogueira acesa.

Eu me levanto e olho ao redor. De modo geral, estamos cercados por árvores que bloqueiam minha visão dos arredores. Poderia haver um coiote a 3 metros de distância, lambendo os beiços, e a gente não faria a menor ideia. Há pequenas frestas entre as árvores, mas a visibilidade é péssima, principalmente à noite, apenas com a pequena fogueira e a lua iluminando a clareira. Se ao menos tivéssemos trazido uma lanterna...

Ouço o uivo mais uma vez. Está ficando mais alto ou é impressão minha?

Chego perto de uma das árvores, seguindo o som. Estreito os olhos na direção do breu. Não consigo ver nada. Dou mais um passo, com o coração batendo acelerado.

– Claire? – chama Noah. – O que você tá fazendo?

Dou mais um passo, ouvindo o farfalhar das folhas. Ou o som dos passos de um animal se aproximando.

Algo roça no meu tornozelo. Algo que parece ser pelo. Dou um grito e pulo para longe. Mas, quando olho para o chão, não há nada.

– Claire! – Dessa vez, é a voz de Jack. – Para de se preocupar com isso. A gente tá *bem*. Os animais não vão perturbar com a fogueira acesa.

Respiro fundo. Suponho que ele esteja certo. E, mesmo que não esteja, o que poderíamos fazer? Um de nós poderia ficar acordado e passar a noite toda vigiando os coiotes, mas não vejo nenhum voluntário. Eu poderia me oferecer, mas minhas pálpebras parecem chumbo.

– Tenho certeza de que vai ficar tudo bem – murmura Noah.

Assinto e me acomodo de novo na minha cama de folhas improvisada. Vou ter que torcer pelo melhor.

DEZESSETE
ANÔNIMO

Meu pai me ensinou a atirar no quintal de casa.

Fazia semanas que estávamos planejando uma viagem para caçar, só eu e ele, que acabou sendo cancelada por conta de uma viagem a trabalho inesperada para Toledo. Mas, na época, eu achava que iríamos. E meu pai falou que eu precisava saber atirar, já que iríamos caçar.

Ele enfileirou várias latas sobre uma caixa de papelão. Disse que iríamos praticar até que eu fosse capaz de acertar todas elas. Nossos vizinhos não se importariam. A maioria das pessoas na nossa cidade tinha armas e se orgulhava disso.

Ficamos de pé na grama, encarando as latas como se fossem animais selvagens. Meu boné do Orioles protegia meus olhos do sol. Eu estava a postos.

– Você vai fazer o seguinte – disse ele. – Pés afastados. Ombros alinhados. Pé direito na frente do esquerdo. – Ele me ajudou a me ajeitar até que eu estivesse na posição correta. – Muito bem. Agora coloca a coronha da espingarda perto da linha central do seu corpo, na altura do peito.

Ele deu um passo para trás, examinando minha postura.

– Cotovelos para baixo.

Escutei com atenção, tentando fazer tudo o que ele dizia. Ele me mostrou como levar a espingarda até o rosto e pressionar a coronha firmemente contra a bochecha. Depois, me ensinou a mirar.

– Bom trabalho – elogiou ele. Eu era puro orgulho. – Mantém os dois olhos abertos. Não puxa o gatilho... aperta. O que queremos aqui é uma pressão constante.

Respirei fundo. Apontei para a lata mais à direita e pressionei o gatilho como ele me orientou.

Não passou nem perto.

– Você precisa relaxar – disse ele. – Isso é tensão. Inspira fundo antes de atirar. Depois, aperta o gatilho ao expirar.

Inspirei fundo. Atirei na lata outra vez. Errei, mas foi mais perto.

– Bom trabalho – elogiou ele. – Agora tenta de novo.

Encarei a lata. Imaginei o rosto da minha mãe no meio. Respirei fundo e apertei o gatilho. Ouvi o ruído da bala penetrando no metal.

– Excelente! – Ele me deu um tapinha nas costas. – Você conseguiu!

Passamos a hora seguinte praticando. Mal podia esperar para ir caçar com meu pai. Só nós dois.

Por fim, minha mãe apareceu no quintal, com as mãos cruzadas sobre o peito. Estava usando um vestido de verão azul justo e tinha o rosto cheio de maquiagem chamativa. Cheirava a flores. Quando meu pai estava fora, ela usava calças de moletom e camisetas. Ficava dias sem tomar banho.

– Você não acha que já passou muito tempo aqui fora? – reclamou ela.

– Uma criança precisa saber atirar – respondeu meu pai.

Ela me lançou o mesmo olhar que sempre me lançava quando meu pai dava mais atenção para mim do que para ela. Ela o queria só para si.

Eu ainda estava com a espingarda na mão. Ao olhar para minha mãe, imaginei uma lata no lugar de seu rosto. Na última hora, havia aprendido a atirar relativamente bem. Se apontasse a espingarda para ela, será que acertaria o tiro? Daria muito bem para dizer que foi um acidente. Afinal de contas, eu era iniciante.

– Devagar aí – Meu pai delicadamente tirou a espingarda das minhas mãos. – Você precisa atentar pra onde essa coisa tá apontando. Você não quer que ela dispare por engano.

Ouço a inspiração profunda de minha mãe. Ela sabia o que eu queria fazer.

E se meu pai não tivesse me impedido, eu teria feito.

DEZOITO
CLAIRE

A manhã chega, e eu ainda não fui devorada por um coiote.

Dito isso, estou me sentindo péssima. Minha cabeça lateja pela falta de água, e minha boca parece estar cheia de algodão. Meus braços e pernas estão pesados como se houvesse um cobertor bem grosso em cima de mim. Não sei bem como, mas dormi a noite inteira sem me mexer ou me virar. Não foi uma noite de sono muito boa. Parece que estou de ressaca.

Olho para Noah ao meu lado. Seus cabelos castanhos estão bagunçados e ele está esfregando os olhos. Quando afasta as mãos, há manchas roxas sob eles.

– Dormiu bem? – pergunto.

– Acho que sim. – Ele dá um grunhido e esfrega as têmporas. – Tomara que a gente consiga achar o hotel logo.

Warner está sentado à nossa frente, também esfregando os olhos. Ele solta um bocejo alto. Também não parece muito bem, mas ainda assim poderia facilmente estar na capa de alguma revista de moda do mundo selvagem.

Tiro o celular da bolsa, torcendo para que o sinal tenha voltado milagrosamente durante a noite. Não só não tenho serviço nenhum (nem uma única barra) como a bateria está em 1%.

Não estou entendendo. De acordo com os rapazes, estamos a menos de um quilômetro de distância do hotel. Como assim não há sinal de celular?

Tenho certeza de que Penny ligou ontem à noite para que as crianças pudessem falar conosco. O que será que Emma está pensando? Deve estar apavorada. Espero que Penny tenha inventado uma boa história. Será que chamou a polícia, já que não entrei em contato ontem à noite? Será que tem alguém procurando a gente nesse momento?

Mas não. Penny não é alarmista. É Emma quem fica com medo.

Sinto uma saudade intensa e repentina dos meus filhos. Quero pegá-los nos braços e dar um abraço gigante nos dois. O sentimento é tão forte que tenho que cobrir a boca para não chorar.

E se eu nunca mais vir os dois?

– Michelle!

Ergo a cabeça com o som da voz de Jack ao longe. De repente, percebo que ele e Michelle não estão mais ao redor da fogueira apagada.

– Michelle! – grita Jack.

– O que tá acontecendo? – murmuro.

Noah apenas balança a cabeça, e nós dois nos levantamos. Todas as articulações do meu corpo gritam, mas depois de alguns passos a dor diminui e se transforma em um incômodo constante. Jack está parado na beira da clareira com um olhar de desespero. Seu cabelo está tão desgrenhado quanto o de Noah e há um rasgo na manga de sua camiseta. Ele coloca as mãos ao redor da boca e grita:

– Michelle!

Dou um pigarro.

– Jack, o que tá acontecendo?

Ele se vira para me olhar. Seus olhos castanhos de cachorrinho estão injetados de sangue.

– Não consigo encontrar a Michelle.

– Como assim? – Noah franze a testa. – Do que você tá falando?

– Eu só acordei e vi que ela *sumiu*. – Os olhos de Jack se movem de um lado para outro como se esperasse que ela fosse surgir de um arbusto a qualquer momento. – Não encontrei nenhuma pegada sequer. Não tô entendendo nada. Pra onde será que ela foi?

– Ela não pode ter ido muito longe – digo. – Ela tá com o tornozelo machucado.

Jack esfrega as têmporas com a ponta dos dedos.

– Eu sei.

– Será que ela foi procurar água? – sugere Noah.

– Sozinha? – Ele balança a cabeça. – Não faz sentido. Ela não teria ido embora sozinha. Não sem mim. – Ele respira fundo e grita novamente: – MICHELLE!

– Ei. – É a voz de Warner atrás de nós. Nós nos viramos para olhar para ele. – Encontrei pegadas que acho que são dela.

De fato, há um único conjunto de pegadas que seguem em uma direção completamente diferente. É difícil dizer a quem pertencem, mas parecem ser do tamanho de um tênis de mulher. Elas desaparecem em meio às árvores.

Levando em consideração a torção no tornozelo, parece inconcebível que Michelle de repente tenha se enfiado sozinha na floresta. Mas não há outra explicação.

– Será que a gente deve ir atrás? – pergunta Noah.

Jack assente em silêncio, mas depois volta para o acampamento e pega sua mochila. Abre o zíper e tira uma fronha de travesseiro. Começa a tirar partes de algo preto de dentro da fronha. Eu o observo por um tempo antes de perceber o que está fazendo.

– Você trouxe a espingarda – digo com um suspiro.

– É. – O tom dele é seco. – Trouxe.

– Você falou pra Michelle que não tinha trazido.

Ele ergue os olhos injetados de sangue.

– Eu menti.

Ele leva um minuto para preparar a espingarda. Tudo isso está me assustando. Não fazia a menor ideia de que Jack tinha uma arma. Em tese, ele a trouxe apenas para caçar. Mas agora que estamos presos aqui nessa floresta, talvez tenha sido uma boa precaução.

Mas me causa desconforto o fato de ele ter mentido para Michelle e para todos nós.

Agora que a arma está montada, começamos a seguir o caminho formado pelas pegadas de Michelle. Não ouço mais nenhum barulho de animais, mas me ocorre que essa é a mesma direção de onde ouvi o som de uivos na noite passada. E se ela foi dar uma volta e deu de cara com um animal selvagem?

As pegadas continuam por cerca de 10 metros antes que algo chame minha atenção. Algo branco.

– Isso não é um pedaço da blusa da Michelle?

Há um pedaço de tecido pendurado em um dos galhos de árvore. Jack passa o dedo por ele e depois o arranca.

– Acho que é dela, sim – confirma ele.

Ele ergue a arma e examina os arredores. Meu coração está batendo tão forte que não acredito que ninguém esteja ouvindo. Olho em volta da floresta, torcendo para que Michelle apareça a qualquer momento. Mas não é o que acontece. Então vejo...

– Olha ali! – grito.

Todos olham para baixo, para onde estou apontando. Há uma pedra imensa atrás de uma das árvores, e ela está encharcada de algo vermelho. E essa mesma cor mancha a grama ao redor.

Devagar, vamos chegando mais perto. Todo aquele vermelho só pode ser uma coisa. E, quanto mais nos aproximamos, mais óbvio fica.

É sangue. E muito.

– Ai, meu Deus. – Jack abaixa a espingarda. Ele começa a cambalear e acaba caindo de joelhos. – Ai, meu Deus.

– Pode ser sangue de algum animal – diz Noah, embora seja óbvio que não ache isso.

Tento colocar a mão no ombro de Jack, querendo consolá-lo da mesma forma que ele me consolou depois que perdemos Lindsay, mas ele me afasta. Não tento de novo.

– Vocês acham que algum bicho pegou ela? – pergunta Warner. Não parece particularmente preocupado, apenas curioso. – Talvez ela tenha ido dar uma volta e aquele coiote que a Claire ouviu a tenha arrastado até aqui.

– Se ela tivesse sido atacada, teria gritado. – Jack olha fixamente para cada um de nós, um a um. – E, se ela tivesse gritado, um de nós teria ouvido. – Ele olha para nós. – Alguém ouviu um grito durante a noite?

Todos nós negamos com a cabeça. Depois que peguei no sono, não ouvi nada. Dormi feito uma pedra.

– Como assim vocês não ouviram nada? – As bochechas de Jack estão rosadas. – É impossível!

– *Você* não ouviu nada – ressalta Warner.

No entanto, Jack tem um bom argumento. Algo traumático aconteceu com Michelle, e parece improvável que ela não tenha emitido nenhum ruído. Então por que ninguém ouviu nada?

E por que Michelle sairia andando por aí se estava com o tornozelo machucado? Ainda mais considerando que não se sentia muito confortável na floresta. Não, ela teria ficado perto do acampamento.

Nada disso faz sentido.

Meu estômago solta um ronco baixo. A última coisa que comi foi um pouco da carne-seca na noite anterior e, agora que não temos água, não consigo comer mais nada salgado. Jack também trouxe um pouco de castanhas e frutas secas, mas isso não é muito melhor. É só sal e mais sal e mais sal.

Água: é isso que eu quero. Daria a mão inteira por um pouco de água nesse momento. Só de pensar nisso, fico tonta.

Como se estivesse lendo meus pensamentos, Warner diz:

– Precisamos começar a procurar uma fonte de água.

Jack parece querer estrangular Warner com as próprias mãos. Conheço bem a sensação.

– A Michelle *sumiu*. Temos que encontrá-la.

– Não adianta – argumenta Warner. – Olha a quantidade de sangue que tem aqui. É tarde demais pra ela.

Uma expressão horrenda surge no rosto de Jack. Os dedos que estão segurando a espingarda ficam brancos. Ele se levanta do chão e aponta a arma para o peito de Warner.

A cor se esvai das feições perfeitamente esculpidas de Warner quando ele dá um passo para trás.

– O que você acha que tá fazendo?

– A Michelle é minha esposa – sibila Jack. – Nós vamos atrás dela. Se ela estiver ferida, vamos encontrá-la. Você me entendeu?

Fico paralisada, observando o impasse entre os dois homens. Noah agarra meu braço e me puxa alguns passos para trás.

Um músculo se contrai na mandíbula de Warner.

– Então não tenho escolha, né?

– Não. – Jack não abaixa a espingarda. – Não tem porra de escolha nenhuma.

Noah dá um pigarro.

– Jack, nós todos vamos procurar a Michelle. Mas você tem que abaixar a arma. Pode ser?

Jack abaixa lentamente a espingarda com as mãos trêmulas. Por um momento, tenho certeza de que Warner vai tentar pegá-la, mas não. Mesmo assim, Jack fez um inimigo. Ele precisa ficar de olho aberto.

DEZENOVE
CLAIRE

– Michelle! – chamo. – MICHELLE!

Nenhuma resposta. Faz meia hora que a estamos procurando. Estou rouca de tanto chamar pelo nome dela e por conta da falta de água. Além das pegadas e do sangue no chão, não há outras pistas. É como se ela tivesse se desintegrado.

Agora que a adrenalina passou, estou começando a me arrastar. Ainda me sinto de ressaca por ter dormido mal na noite passada e estou tonta pela falta de água. As bolhas nos meus pés doem. Quero parar de procurar Michelle e tentar encontrar água. Ou, melhor ainda, continuar procurando a pousada.

– Michelle! – chamo outra vez.

Tento imaginar a situação se as coisas tivessem outra configuração. Será que Michelle estaria andando pela floresta à minha procura? Duvido muito. Será que Noah teria insistido para que me procurassem da mesma forma que Jack fez? Não quero nem pensar nisso.

Eu me viro e percebo que os outros não estão perto de mim. Até então, um deles sempre esteve ao alcance dos meus olhos. Mas agora percebo que estou completamente sozinha na floresta.

Mas eu sei onde estou. A clareira está atrás de mim. Ou será que está na minha frente?

Minhas pernas ficam moles. Não estou perdida, estou? Quer dizer, sei que *nós* estamos perdidos, mas pelo menos antes eu fazia parte de um grupo. Não quero me separar dele. Principalmente sem comida nem água.

Encosto a mão na árvore mais próxima para me firmar. É quando noto as marcas de garras na casca da árvore. As mesmas que vi ontem. Cinco cortes profundos.

Em seguida, olho para a árvore ao lado. Ela também tem ranhuras profundas na madeira.

E no pé da árvore há mais sangue.

Enquanto vejo isso, sinto um formigamento na nuca. Como se algo estivesse me observando.

Me caçando.

Eu me viro. Há um arbusto a uns 6 metros de distância. Está se mexendo sozinho, e vejo uma sombra escura dentro dele. Em seguida, um rosnado baixo.

Ai, meu Deus.

– Noah! – grito. – NOAH!

Não sei ao certo por que chamei Noah em vez de Jack. Teria pensado que meu instinto seria chamar Jack. Afinal, *Jack* não me odeia. E é o único que já foi escoteiro. Mas, quando abri a boca, foi o nome do meu marido que saiu.

Preciso reconhecer que, cinco segundos depois, Noah está ao meu lado após atravessar os galhos perto de mim. Pelo visto, nunca estive perdida, no fim das contas. Noah está de olhos arregalados.

– O que houve? O que você viu?

– Tem mais sangue naquela árvore ali. – Estendo a mão trêmula para apontar. – Além disso, eu... eu vi alguma coisa pra lá. Alguma coisa se mexendo.

Noah olha ao longe.

– Onde?

– Naquele arbusto... lá no fundo.

– O que você viu?

Mordo o lábio.

– Eu... não sei direito. Parecia um animal selvagem. Não um urso, mas algo maior que um coiote.

Noah olha na direção para a qual eu estava apontando.

– Não tô vendo nada, Claire.

Não menciono a sensação que tive, como se algo estivesse me observando. Como se algo estivesse me *caçando*. Ele me acharia paranoica.

– Também encontrei mais sangue. – Noah estremece. – Preciso ser sincero... A situação não parece nada boa pra Michelle. – Ele olha de volta para o arbusto para onde apontei. – Detesto pensar que ela foi levada por algum bicho, mas... não sei o que mais poderia ter acontecido.

O arbusto não está mais se mexendo, mas não consigo me livrar da sensação de desconforto.

– Cadê o Jack e o Warner?

Jack tem uma espingarda: algo que pode nos proteger. E Warner tem o mapa que pode nos tirar daqui. Não que eu não confie em Noah, mas, se um animal selvagem sair correndo daquele arbusto, não há muito que ele possa fazer para me proteger com as próprias mãos.

– Não consigo encontrar os dois – diz Noah. – Vamos esperar no acampamento. – Ele dá uma olhada ao redor. – A gente não deveria ficar perambulando por aqui, dadas as circunstâncias.

Assinto com a cabeça. Noah apoia a mão no meu ombro para me guiar gentilmente na direção da clareira, que não ficava onde eu achava. Tenho um péssimo senso de direção. Sem os outros, estaria ferrada.

Warner retorna ao acampamento cerca de dez minutos depois de nós, parecendo impaciente e irritado. Temos que esperar mais vinte minutos até que Jack volte. Seus ombros estão caídos e ele tem manchas roxas sob os olhos. Não a encontrou. Além de sangue espalhado aqui e ali, não há mais nenhum sinal de Michelle.

Para onde ela poderia ter ido?

Será que se levantou no meio da noite para esticar as pernas? Será que estava com dificuldade para dormir? Que se aventurou na floresta e um animal surgiu do nada? Será que era o mesmo que eu vi naquele arbusto? O que fez as marcas assustadoras na casca da árvore?

Se Michelle esbarrou com o animal que fez essas marcas, é quase certo que esteja morta.

Não consigo nem imaginar. É inconcebível. Mas, se não estiver morta, onde ela está?

– Precisamos continuar – anuncia Warner. – Precisamos encontrar água.

Jack exibe um olhar sombrio no mesmo instante. Ele ainda não está pronto para desistir. Mas, antes que Jack possa levantar a espingarda novamente, Noah ergue as mãos.

– Ele tem razão, Jack. Precisamos de água ou vamos todos morrer.

– Mas a gente não pode simplesmente *ir embora*. – Jack chuta a terra sob seus pés. – Ainda não encontramos ela.

– Jack, eu só... – Noah joga o peso do corpo de um pé para o outro. – Só acho que a gente não vai encontrar ela, cara. Não sei o que aconteceu. Se algum bicho pegou ela ou... Mas ela não tá aqui.

Jack se curva enquanto assimila as palavras de Noah. Parece que envelheceu dez anos na última hora. Por fim, ele diz:

– Tudo bem. Vamos procurar água. Depois, quero continuar procurando a Michelle.

– Tá bem – diz Noah, mas Warner revira os olhos.

Pela primeira vez, entendo Warner.

VINTE
CLAIRE

Encontrar água acaba sendo uma tarefa difícil. Eu esperava que encontrássemos algum riacho com água corrente fresca, mas, à medida que procuramos, fica cada vez mais óbvio que não é o caso. Jack vê as pegadas do que acredita ser um coelho, e nós as seguimos até o que parece ser um pequeno lago, raso e muito lamacento.

Em uma situação normal, jamais beberia uma água com esse aspecto. Nem mesmo colocaria minha mão nela.

– Isso é seguro pra beber? – pergunta Noah.

– Eu trouxe um pacote de pastilhas que supostamente matam as bactérias da água. – Jack coloca a mochila no chão e apoia a espingarda ao lado. – E podemos usar a fronha pra tirar a sujeira.

De modo geral, não gosto de beber coisas sujas a ponto de precisarem ser coadas. Mas, nesse momento, estou com tanta sede que beberia a água com sujeira e tudo.

Jack usa a fronha para coar a água para dentro de sua garrafa. Tiro a garrafa vazia de Noah da bolsa e a enchemos também. A água ainda parece muito turva, mas, mesmo assim, fico arrasada quando Jack diz que antes de podermos beber temos que esperar uma hora para que a pastilha faça efeito.

Por um momento, imagino a cara da minha filha se ela visse a água que tivemos que tomar. Ela é o tipo de criança que se apavora se houver uma única mancha em seu prato. O que ela acharia de beber uma água que tem *sujeira* flutuando nela? É claro que Aidan provavelmente acharia tudo muito divertido (uma vez o peguei comendo terra quando ele tinha uns 3 anos de idade).

Ah, meu Deus, estou sentindo tanta saudade dos meus filhos... Tenho que voltar para casa, para eles. Vou fazer o que for preciso.

Jack havia colocado a espingarda ao lado da mochila, e Warner manteve os olhos nela o tempo todo. Tudo isso me deixa inquieta. Não gosto do fato de Jack ter trazido uma arma para essa viagem, mas, mais do que isso, não quero que Warner coloque as mãos nela.

– Jack, talvez você devesse desmontar a espingarda – digo.

Ao menos, minha sugestão chama a atenção dele para a arma. Ele coloca a mão protetora em cima dela.

– Depois do que aconteceu com a Michelle, fico mais confortável com ela à mão.

Mas o *que* aconteceu com Michelle? Estamos supondo que um animal a pegou, mas nada disso faz sentido.

E talvez seja por isso que Jack queira a arma à mão.

Warner tira o mapa do bolso.

– Precisamos voltar à busca. Precisamos encontrar esse lugar.

– Eu já te falei. – Jack fecha os dedos ao redor da espingarda. – A gente não vai embora sem a Michelle.

Fico surpresa com a superproteção de Jack em relação a Michelle. Na última vez em que estávamos deitados na cama da casa dele, com Michelle no trabalho, ele agiu como se o casamento dos dois fosse uma farsa. Mas ele está apavorado de verdade por ela. E meu peito dói quando penso na maneira como eles estavam abraçados na noite anterior.

Jack agia como se não houvesse mais nada entre ele e Michelle. Mas talvez tenha sido tudo mentira. O melhor que posso pensar é que talvez ele acreditasse que era verdade quando disse.

Ou talvez nunca tenha sido verdade. Talvez tenha sido apenas algo que ele falou para me levar para a cama. E talvez eu não seja a primeira mulher que caiu nas mentiras dele.

– Olha – diz Warner –, se a Michelle estiver ferida em algum lugar, a melhor chance que temos de ajudá-la é encontrar um telefone e ligar pra polícia. É óbvio que não somos capazes de encontrá-la sozinhos.

Jack olha feio para Warner, ainda com a mão na arma. Um segundo depois, ele xinga baixinho, pega a espingarda e sai em direção à floresta. Não sei para onde foi, mas não deve estar planejando ir muito longe. Deixou para trás a mochila e as garrafas d'água.

Warner observa enquanto ele se afasta e solta um longo suspiro. Ele se senta em um tronco de árvore caído e abaixa a cabeça. Pela primeira vez desde que entramos na floresta, ele parece exausto. Nesse estado, não sei se o catálogo da Sears encontraria um espaço para ele em suas páginas. Ele pega a bainha da camisa e limpa a parte inferior do rosto com ela.

– Você tá bem? – pergunto.

– Tá quente – murmura ele.

Depois de dizer isso, ele tira totalmente a camiseta, libertando o peito suado. E…

Uau.

Retiro o que disse sobre o catálogo da Sears. *Qualquer* catálogo ficaria feliz em ter esse cara na capa. Ele é *sarado*. E bronzeado. Dava para perceber quando estava de camisa, mas, sem ela, não sobra nada para a imaginação. Acho que deve estar saindo um pouco de baba do canto da minha boca.

A Lindsay é uma garota de sorte.

Era. Era uma garota de sorte.

Eu me arrepio ao me lembrar do futuro que Lindsay estava imaginando para os dois. Ela gostava mesmo desse cara, de verdade; eu nunca a tinha visto tão apaixonada. E não era só pela aparência dele. Ela não era *tão* superficial assim.

– Escuta, quando a gente voltar, pensei que talvez você pudesse ajudar a planejar a cerimônia da Lindsay.

Não consigo dizer "velório". Ele sabe do que estou falando.

Warner limpa o rosto com a camiseta úmida.

– Pode ser. Quer dizer, fazia só alguns meses que a gente estava namorando. As pessoas que a conheciam melhor deveriam se encarregar disso.

– É, mas eu sei que esse seria o desejo dela. – Forço um sorriso. – Ela gostava muito de você.

– Tá bem.

– Mas a Lindsay...

– Olha... – Warner me interrompe antes que eu possa dizer outra palavra. – Eu só estou tentando ser educado. Não tenho tempo pra planejar um megaevento triste pra uma garota com quem eu ia terminar em algumas semanas. – Ele range os dentes. – Com certeza você tem muito tempo pra planejar isso, entre levar seus filhos pro treino de futebol e as suas aulas de ioga.

Fico de queixo caído.

– Eu trabalho em tempo integral, sabia? Assim como você.

Warner bufa.

– Como *professora*. Eu sou um *cirurgião*, Claire. Não tem comparação.

Meu rosto arde. Sei que ele está chateado com tudo o que aconteceu até agora, e estamos todos com sede e calor, mas esse cara está finalmente colocando as asinhas de fora. Às vezes, as dificuldades trazem à tona o que há de pior nas pessoas.

– Ei – diz Noah com firmeza. – A Claire trabalha pra caramba, sabia?

Não esperava que ele me defendesse. Não me lembro da última vez que ele me defendeu. Normalmente, preciso me defender dos insultos *dele*.

– Tenho certeza. – Warner estala os dedos e o som ressoa ao nosso redor. – Ser babá de uma turma de ensino fundamental o dia inteiro deve ser uma questão de *vida ou morte*.

O rosto de Noah ganha uma expressão sombria e sua mão direita se fecha. Dou um passo para trás, preocupada com o fato de essa conversa não estar indo bem. Em todos os nossos anos de casamento, nunca vi Noah dar um soco em alguém e não tenho a menor ideia se ele faria algo do tipo. Mas, a julgar por todos aqueles músculos no peito de Warner, não tenho certeza de como Noah se sairia se fosse necessário.

Felizmente, Jack emerge das árvores nesse momento. Seus olhos estão injetados de sangue e inchados. Será que estava chorando? Foi por isso que deixou a gente?

– Muito bem. – Sua voz está trêmula. – Vamos.

– Jack – digo com gentileza. – Você tá bem?

– Tô bem – replica ele, ríspido. – Falei pra gente ir.

Pelo visto, ele não quer falar sobre o assunto.

Ainda temos algum tempo até que a água esteja segura para beber, mas decidimos seguir em frente. E agora, é claro, tudo volta ao que era antes. Jack e Warner (novamente de camisa, ainda bem) olhando o mapa, estudando a bússola de Jack e nos dizendo em que direção devemos caminhar. No começo, tento ficar perto deles, mas depois acabo me afastando como antes. Eles andam mais rápido do que eu e é difícil acompanhar.

Infelizmente, isso significa que estou sozinha com meus pensamentos. Toda vez que fecho os olhos por um momento, penso no corpo pálido de Lindsay caído no chão da floresta. Jamais conseguiria encontrá-la de novo, nem que minha vida dependesse disso. Ainda me sinto mal por tê-la deixado lá.

É incrível como uma vida pode chegar ao fim com tanta facilidade. Apenas um punhado de frutas silvestres e pronto. Acabou. Ela se foi para sempre.

Eu poderia ter comido aquelas frutas. Estaria deitada na terra ao lado de Lindsay se isso tivesse acontecido. Noah me disse que estava feliz por eu não ter comido as frutas, mas não consigo imaginá-lo chorando se eu tivesse morrido no dia anterior. As crianças se importariam, assim como meus pais e Penny, mas Noah? Não sei.

Bem, não posso me permitir pensar dessa forma. Eu sobrevivi. Tive uma segunda chance na vida e não quero desperdiçá-la. Agora compreendo o que é importante. Voltar para casa e ver meus filhos outra vez. É tudo o que importa.

Ergo os olhos; o resto do grupo está muito à frente. Meu coração dá um salto no peito e acelero o passo. Não quero ficar tão para trás. Não quero desaparecer como aconteceu com Michelle.

Uma hora depois, nós nos sentamos e bebemos um pouco da água lamacenta. Tem exatamente o gosto que dá para imaginar. Engasgo um pouco, mas é melhor do que nada. Comemos um pouco mais da carne-seca de Jack e das castanhas e frutas secas.

– Quanto você ainda tem de comida? – pergunto.

Jack vasculha a mochila. Ele parece muito mais calmo do que estava de manhã, como se seu pequeno colapso nunca tivesse acontecido.

– Se a gente economizar, talvez dê pra mais um dia.

Mais um dia. Com certeza vamos encontrar a pousada ou no mínimo *alguma coisa* nesse tempo, certo?

– E depois?

– Bem – diz Jack, pensativo –, há algumas plantas aqui que poderíamos comer com segurança. Além disso, posso tentar atirar em um coelho.

Sinto um aperto no peito.

– Você vai matar um coelhinho?

Matar o Tambor seria quase tão ruim quanto matar a mãe do Bambi.

– Em vez disso – diz ele –, podemos comer insetos.

Reviro os olhos.

– Tô falando sério, ué! – exclama Jack sem abrir um sorriso. Talvez ele realmente esteja falando sério. – Não tem nada de errado em comer insetos. Em outros países, as pessoas fazem isso o tempo todo. Não sei por que nesse país as pessoas têm tanto problema com isso.

Faço uma careta.

– Porque eles são supernojentos?

Warner dá um sorriso debochado.

– Acho que a Claire não vai comer insetos.

– Posso cozinhar eles – sugere Jack. – Muda completamente o sabor. Quer dizer, você não comeria carne crua. Na verdade, insetos cozidos não são tão ruins assim. Eu comi várias vezes quando era escoteiro.

Eu realmente não acho que ele esteja me provocando. Ele acredita que vamos ficar perdidos por tempo suficiente para termos que cozinhar e comer insetos.

Não entendo como ainda estamos perdidos. Warner tem um mapa e Jack tem uma bússola. Seja com a ajuda de um ou do outro, deveríamos ser capazes de encontrar *alguma coisa*. Jack era a droga de um escoteiro, como já falou um milhão de vezes. Por que ele não consegue seguir um simples mapa?

Depois de uma breve pausa para nos alimentarmos, todos nós nos levantamos e começamos a caminhar de novo. Mas, dessa vez, Noah fica para trás comigo.

– Ei – diz ele. – Posso falar com você? – Ele olha para os rapazes que estão alguns metros à nossa frente. – A sós.

– Tá bem – respondo.

Meu coração acelera. Toco o moletom de Jack, que está amarrado na minha cintura agora que o sol está alto. Será que Noah vai me dizer que sabe tudo sobre mim e Jack? Não quero ter essa conversa agora. Se ele me perguntar, será que vou admitir? Não sei. Não quero mentir para ele, mas uma revelação como essa vai fazer com que a próxima semana seja muito desconfortável.

Assim que saímos do alcance da audição de Jack e Warner, ele abaixa o tom de voz em muitos níveis.

– Tem alguma coisa errada – diz ele.

– O que você quer dizer?

– Digo... – Ele olha para os dois e depois de volta para mim. – O mapa do Warner. Não faz sentido nenhum. Está errado. Nada está onde o mapa diz que deveria.

Minha respiração fica presa na garganta.

– Tá falando sério?

– Tô, e... – Ele balança a cabeça. – Eu dei uma olhada em um mapa antes de virmos pra cá e não me lembro daquela bifurcação na estrada nem de nada do mapa do Warner. Além disso... – Ele olha para os dois homens e depois de volta para mim. – Não confio na bússola do Jack.

– Não?

Ele nega com a cabeça.

– O Jack pode ser o Sr. Mundo Selvagem, o escoteiro, o que for, mas eu sei que o sol nasce no leste, e não é onde a bússola diz que fica o leste.

– Ah...

– Além disso... – Ele respira fundo. – Claire, acho que estamos andando em círculos.

– Você... você acha?

– Reconheço coisas que já vi antes. Coisas muito específicas, como um corte que vi numa árvore. E... e aquele esquilo. – Ele aponta para um esquilo morto, apodrecendo na terra. Tenho que admitir que há algo familiar nele. Eu me lembro de ter visto esse esquilo antes. – Acho que essa bússola está fazendo com que a gente ande em círculos.

Franzo a testa. Essa era a última coisa que eu esperava ouvir dele. Achei que ele fosse me acusar de infidelidade. Podia ser pior.

– Então... o que você tá dizendo?

– Tô dizendo... – Ele tira os óculos e limpa as lentes por um instante na camisa antes de colocá-los de volta. – Que não confio neles pra encontrar um jeito de sair daqui. Eu acho que... acho que nós dois ficaríamos melhor sozinhos.

– Nós? – Eu tusso. – Você quer que eu vá com você?

Ele pisca para mim por trás das lentes recém-limpas.

– Bem, sim. É claro que sim. Você é minha esposa.

Mas a gente se odeia. Não digo isso, mas ele deve estar pensando a mesma coisa. A gente se odeia há anos. E em especial durante toda a viagem até aqui.

No entanto, agora que estamos perdidos, ele não parece mais tão irritado comigo.

– Acho que consigo encontrar um jeito de sair daqui. – Ele olha para trás. – Meu pai costumava me levar pra fazer trilhas quando eu era criança, então sei o que fazer.

Fico surpresa com essa revelação. O pai de Noah morreu quando ele estava na faculdade, antes de nos conhecermos. Ele raramente fala sobre o pai.

– Você nunca me contou isso.

Ele dá de ombros.

– Foi há muito tempo. Mas eu me lembro do mapa que vi. Essa floresta não é tão grande assim. Se não estivéssemos andando em círculos, já teríamos chegado à civilização.

– Você acha?

Noah assente firmemente com a cabeça. É verdade que nunca achei que ele fosse muito bom em atividades ao ar livre, como trilhas, mas meu marido é um homem muito inteligente. Ele é físico. Não faria uma afirmação se não tivesse certeza de que é verdadeira. Não sairia por aí por conta própria se não acreditasse que é capaz de encontrar a civilização.

Ele pega minha mão. Deixo que a pegue. Não consigo nem me lembrar da última vez que Noah segurou minha mão. Faz anos. Eu me esqueci de como a mão dele sempre foi quente e grande ao redor da minha.

– Confia em mim, Claire – diz ele. – Eu não deixaria nada acontecer com você.

Quero acreditar nele. Quero muito. Mas Warner tem o mapa e Jack, a bússola. Ah, e Jack tem toda a comida que resta. Noah não tem nada, exceto uma garrafa d'água parcialmente cheia na minha bolsa. E ele nem sequer tem pastilhas purificadoras, portanto, se eu for com ele, essa será toda a água que teremos para beber.

– Acho que deveríamos ficar todos juntos – digo.

Ele balança a cabeça.

– Não acho que seja uma boa ideia...

Solto minha mão da dele.

– Olha só, o Jack entende dessas coisas. A gente não conseguiria nem ter feito aquela fogueira ontem à noite sem ele. Acho que, se sairmos por aí por conta própria, podemos nos meter em grandes apuros. Isso... isso me assusta. Tipo, olha o que aconteceu com a Michelle.

Ele fica com o olhar enviesado.

– O *que* aconteceu com a Michelle?

– Sei lá, mas... ela saiu por aí sozinha e agora...

Noah coça o cabelo até ficar ainda mais arrepiado.

– Tá, tudo bem. Vamos ficar todos juntos.

– Você não vai deixar a gente pra trás?

Ele balança a cabeça.

– Eu não faria isso com você.

Fico surpresa com o alívio que sinto por Noah não insistir em ir embora sozinho. Se ele realmente quisesse ir embora, seria uma decisão difícil ir com ele ou não. Parece ser a escolha óbvia ficar com Jack, mas Noah é meu marido. Talvez eu tenha passado a odiá-lo, mas confio nele.

E talvez não o odeie mais tanto assim.

VINTE E UM
ANÔNIMO

Minha mãe estava me esperando quando entrei pela porta da frente.
– Tira a roupa – instruiu ela.
Abaixei a cabeça enquanto tirava o boné do Red Sox, depois a camiseta e o short. Fiquei com as roupas íntimas e as meias. Minha mãe colocou as peças em um saco plástico e, para minha surpresa, jogou tudo na lareira, onde logo foram devoradas pelas chamas.
– O que você tá fazendo?! – gritei.
– Estão todas contaminadas – disse ela entredentes.
– Você não pode só lavar?
Ela me olhou feio.
– Talvez, se tomasse banho direito, você não estivesse com essa cabeça cheia de piolhos.
Eu deveria ter adivinhado o que ela faria em seguida, mas ainda assim foi uma surpresa quando ela sacou a lâmina de barbear. Dei um passo para trás.
– Não – falei.
– Se você não parar de se mexer, metade do seu couro cabeludo vai sair junto.
No final, deixei que ela fizesse o que queria. Meu cabelo já estava bem curto, uns dois dedos, mas a sensação de ter a cabeça raspada era diferente. Fiquei com frio no cocuruto.

Depois disso, ela me enfiou no chuveiro. Ficou me olhando tomar banho, deixando a água tão quente que minha pele ficou bem vermelha. Não saiu dali até ver eu me ensaboar. Então finalmente foi embora. Talvez para queimar o resto das minhas roupas.

Depois que terminei de tomar banho, me olhei no espelho do banheiro. Meu couro cabeludo estava totalmente branco. E redondo. Eu parecia um alienígena.

Fui para a cama e me deitei direto no colchão, pois os lençóis haviam sido retirados. Tenho certeza de que minha mãe queria que eu colocasse um lençol limpo, mas não tive vontade. Floquinha entrou no quarto e olhou para mim, curiosa. Estendi a mão para acariciar seu pelo branco, esperando que isso pudesse me tranquilizar, mas ela sibilou para mim. Embora fosse apenas uma gata, minha mãe a havia ensinado a me odiar. Floquinha nunca seria tosada como eu fui.

Quis ir de boné para a escola no dia seguinte, mas o uso é proibido, então tive que tirar assim cheguei ao prédio. Quando entrei na sala, todo mundo começou a rir. No dia anterior, enviaram uma notificação para os pais informando que uma criança estava com piolho. Minha cabeça raspada deixou claro que era eu.

Desde o início do ano, Bryan McCormick fazia da minha vida um inferno. Logo no início do recreio, ele se aproximou de mim com os amigos, e eu sabia que estava prestes a levar um soco. Ele acertou bem no meio da minha cara.

– Todo mundo sabia que era você – disse Bryan. – É você que tá com piolho.

Desviei o olhar. Tentei ignorá-lo como meu pai me disse para fazer.

– Aposto que tem piolho no seu corpo todo também – insistiu ele.

Senti meu rosto ficar vermelho. Ele riu.

– Aposto que tem até na sua boca.

– Cala a boca, babaca – murmurei bem baixinho.

Ele ergueu as sobrancelhas.

– O que você falou, seu monte de lixo?

Ergui os olhos.

– Você ouviu bem.

– Ah, é? – Ele deu um passo para perto de mim. – Bem, acho melhor você retirar o que disse.

Ele queria briga, e eu não estava nem aí. Minhas mãos se fecharam em punhos. Eu não era grande, mas era forte. Ergui o braço.

VINTE E DOIS
CLAIRE

Algumas horas depois, ainda estamos perdidos.

Começo a pensar que deveria ter confiado em Noah e ido embora com ele. Talvez já tivéssemos encontrado alguma civilização. Não teria como ser pior.

Ou teria?

Nós quatro parecemos pessoas que passaram o dia vagando pela floresta. Meu rabo de cavalo está grudado na parte de trás do pescoço e meu short e minha blusa estão cheios de terra. Os três rapazes estão com a barba de um dia inteiro no rosto e as roupas deles não estão muito melhores do que as minhas. Nem mesmo Warner está com uma aparência muito boa, embora a GQ provavelmente ainda conseguisse um espaço para ele no catálogo, quem sabe num segmento sobre "como adotar um estilo mais rústico".

Encontramos outro pequeno lago. Há duas aves de cor cinza bebendo água, os bicos engolindo o líquido de uma forma que começa a me dar inveja. Warner cutuca Jack.

– Você deveria tentar atirar em um deles.

Jack franze a testa.

– Atirar em um deles?

Warner confirma com a cabeça.

– Não comemos nada além de castanhas e tiras de carne-seca nas últimas 24 horas. Podemos fazer uma fogueira e assar essas aves.

– Ah. – Embora Jack tenha sido o único a mostrar interesse em caçar, não parece entusiasmado com a ideia de atirar nas aves. – Talvez.

– Nem vem com essa. Só atira nessas merdas.

Jack hesita, mas por fim levanta a espingarda. Dou um passo para trás, pois não tenho noção de como será o tiro. Não estava de acordo com a ideia de ir caçar, mas estranhamente não ligo se matarem essas aves. Não é tão ruim quanto atirar na mãe do Bambi. Embora seja provável que tenha filhotinhos esperando por elas no ninho. Os bebês devem estar aguardando que os dois voltem para casa e regurgitem minhocas na boca deles ou algo do tipo. Provavelmente estão com fome.

Ai, preciso parar de pensar nisso antes que eu comece a chorar.

Jack mira a espingarda, mas as mãos estão tremendo muito. Ele a ajusta várias vezes, mas não sei se conseguiria acertar alguma coisa.

– Meu Deus, você tá tremendo que nem um velho. – Warner bufa. – Não sabe mirar?

– Deixa que eu faço isso – diz Jack com firmeza.

– Você só vai desperdiçar uma bala e assustar os bichos. – Warner estende a mão. – Deixa eu tentar.

Jack aperta a espingarda com mais força.

– Aham, tá bom.

Warner joga a cabeça para trás e dá risada.

– O que você tá achando? Que vou roubar a arma e atirar em você?

Jack estreita os olhos.

– É você que tá dizendo, não eu.

– Bem, nesse caso... – Warner dá um passo para perto de Jack. – É melhor você ficar de olho nessa arma.

Noah e eu nos entreolhamos. A animosidade entre Jack e Warner parece aumentar a cada minuto. Estou começando a lamentar que Jack tenha trazido aquela arma. Fico me perguntando se ele sente o mesmo.

Jack mira de novo nas aves. As mãos estão um pouco mais firmes dessa vez, mas ainda assim ele erra. E o tiro as assusta, exatamente como Warner previu. Lá se foi o frango do jantar.

– Você parece uma mulher atirando – diz Warner.

Eu provavelmente deveria ficar ofendida com esse comentário, mas me sinto apenas desconfortável. Além disso, tenho certeza de que atiro pior do que qualquer um aqui.

– Além disso – acrescenta Warner –, duvido que você saiba servir de guia. Teríamos encontrado essa pousada ainda ontem se você não estivesse passando as direções erradas.

As orelhas de Jack ficam vermelhas.

– Eu sei me orientar muito bem. Seu mapa é que tá errado. Você deve ter imprimido outro mapa.

– Claro. – Warner bufa. – A culpa é toda minha. Que conveniente.

Dou mais um passo para trás. Warner e Jack parecem furiosos. Gostaria que Jack não estivesse com aquela arma. E se ele apontar para o Warner e atirar nele? Não quero que essa viagem termine com Jack indo para a cadeia.

– Vocês precisam se acalmar – diz Noah. Em vez de se afastar como estou fazendo, ele se coloca entre os dois. – Não vamos sair daqui nunca se continuarem brigando desse jeito.

Os dois continuam se encarando.

– Jack. – Noah estende a mão direita. – Acho que você deveria me dar a arma.

Jack fica quieto por um instante. Ele e Noah são amigos há muito tempo. Sei que ele confia em Noah. Mas, bem, Noah confiava nele e olha só no que deu.

– Tudo bem – concorda Jack, por fim. Ele coloca a espingarda na mão estendida de Noah. – Pode pegar.

Noah pega a espingarda. Ele a segura com uma facilidade surpreendente, levando em consideração que eu nunca tinha visto meu marido segurar uma arma. Claro, também nunca soube que ele fazia trilhas quando era criança. Talvez haja outras coisas que eu não saiba sobre seu passado.

– Vamos – diz Noah.

E continuamos caminhando.

VINTE E TRÊS
CLAIRE

Nunca mais vamos sair daqui.

Vamos ficar sem água limpa. Teremos que comer insetos. Nunca mais vou ver meus filhos. Vamos morrer aqui nessa floresta e os animais vão comer nossos corpos.

Este é nosso segundo dia de caminhada pela floresta. Está começando a escurecer de novo. Como é possível que a gente esteja procurando esse lugar há mais de 24 horas e ainda não tenha encontrado? Talvez a pousada nunca tenha existido, para começo de conversa. Essa é a única explicação que consigo encontrar.

Paro de andar e procuro meu celular na bolsa. Só que ele nem liga: a bateria acabou. Imagino que os aparelhos de todos nós estejam em condições semelhantes. Portanto, mesmo que a gente encontre sinal, não há nada que eu possa fazer.

– Claire? – Noah para ao meu lado. – Você tá bem?

– Mais ou menos. Na verdade, não. – Limpo os olhos com as costas da mão. – Seu celular ainda tem bateria?

Mal consigo respirar quando ele tira o aparelho do bolso. A tela está preta, como a minha. Ele balança a cabeça.

– Não. Meu celular morreu.

– Que ótimo – murmuro.

Ele olha para os outros e baixa o tom de voz.

– Já te falei o que acho que a gente deve fazer.

Assinto. Não consigo pensar direito agora. Estou morta de fome e sede.

– Se não encontrarmos esse lugar ainda hoje, acho que devemos nos livrar deles – diz ele. – O que acha?

Tento engolir, mas minha garganta está muito seca.

– Eu só... – Uma lágrima escapa do meu olho direito. – Tô com medo de nunca mais voltarmos pra casa. Medo de nunca mais ver as crianças.

– Claire...

– Não vem me dizer que é bobagem – digo entredentes. – A Lindsay não vai conseguir voltar pra casa. A Michelle não vai conseguir voltar pra casa.

– Eu sei. Eu *sei*. – Ele passa a mão trêmula pelo cabelo. – Também tô com medo, tá bem? Mas... vou fazer o que puder pra levar a gente de volta pra casa. *Prometo*.

Ele estende a mão e pega a minha. Apesar de estar me sentindo péssima, seu gesto é reconfortante. Eu lembro que, quando estávamos namorando, andávamos pela rua de mãos dadas. E Noah se virava para mim e sorria, e eu sorria de volta porque estava muito feliz por estar com ele.

Jack está alguns passos à nossa frente. Ele faz uma pausa para olhar a bússola e se vira para trás para ter certeza de que o estamos acompanhando. Ao me ver de mãos dadas com Noah, olha uma segunda vez para se certificar do que viu.

– Meu Deus do céu! – exclama Warner.

Noah e eu corremos até onde os dois pararam. Cubro a boca com a mão; se houvesse algo na minha barriga, eu provavelmente teria vomitado.

É um lobo. Não, peraí, deve ser um coiote, já que não há lobos nessa região, de acordo com Jack. E está morto. Há marcas de garras furiosas em sua barriga e sangue fresco por todo o chão ao redor do animal. Os intestinos do coiote estão se projetando para fora do corte.

– Uau – diz Noah com um suspiro.

Ele ainda está segurando a espingarda de Jack, e seus dedos ficam brancos ao redor do cano.

Olho fixamente para as marcas de garras na barriga. Elas me lembram muito as que vi naquelas árvores.

Por mais horrível que seja olhar para esse animal, só consigo pensar que algo o matou. E não quero ser a próxima.

– Que tipo de animal vocês acham que fez isso? – pergunta Warner.

Jack franze a testa.

– Pode ter sido um urso. Talvez o coiote o tenha provocado. Ameaçado seus bebês.

– Você acha que tem um urso por aqui? – Minha voz está trêmula.

– Já falei, Claire. – Jack parece impaciente. – Um urso não vai simplesmente atacar a gente. Não assim, do nada.

– Ele atacou este coiote – argumento.

– Sim, mas não sabemos por quê. – Ele olha para Noah. – E, além do mais, temos uma espingarda pra nos proteger.

Por algum motivo, isso não faz com que eu me sinta melhor.

– Por mais que eu esteja adorando ficar aqui olhando pra esse bicho morto – diz Warner –, nós realmente deveríamos continuar andando. Já, já vai ficar escuro.

Escuro. Outra noite na floresta, dormindo em um chão frio e duro sobre um colchão feito de folhas, com mosquitos se alimentando da minha pele nua e sons de uivos à distância. Não vou aguentar isso por muito mais tempo.

Noah coloca o braço em volta dos meus ombros. Ele me puxa para perto e sussurra no meu ouvido:

– Prometo que vou te levar pra casa.

Queria muito conseguir acreditar nele.

VINTE E QUATRO
CLAIRE

Vamos passar mais uma noite na floresta.

Pelo menos a essa altura já sabemos o que fazer. Encontramos uma clareira com terreno plano. Juntamos madeira para fazer uma fogueira e coletamos folhas para improvisar camas. Encontramos uma fonte de água maior, com água menos lamacenta, então ao menos temos o suficiente para beber. Mas os suprimentos de comida estão extremamente baixos. Teremos o bastante para o café da manhã, mas depois...

Já era.

O que vamos fazer se ficarmos sem comida? E se morrermos de fome nessa floresta? Sei que leva muito tempo para alguém morrer de fome, mas a ideia não parece mais tão absurda. E se eu não conseguir voltar para casa, para Emma e Aidan? O que eles vão fazer sem mim?

– Se você soubesse atirar, Jack, teríamos algo mais pra comer – resmunga Warner ao sair para coletar galhos e ramos.

Jack não morde a isca. Noah passou o dia inteiro carregando a arma. Se ele não tivesse feito isso, alguém poderia estar morto agora.

Embora faça muito calor durante o dia, fica bem frio à noite. Fico batendo os dentes mesmo com o moletom de Jack. Continuo de pé na clareira por um momento, abraçada a mim mesma, desejando que a fogueira já estivesse acesa. Mas não dá para ficar parada. Não teremos uma fogueira se eu não ajudar.

– Ei. – Jack agarra meu braço enquanto tento ir mais fundo na floresta para pegar lenha. Nem percebi que ele estava atrás de mim. – Preciso falar com você, Claire.

Paro e olho para ele. Como já disse, sempre achei atraente a aparência rústica de Jack. O cabelo desgrenhado, o sorriso torto. Ele ficou tão sexy quando estava martelando na minha cozinha... A verdade é que não era só na faculdade que eu gostava dele. Ao longo dos últimos quinze anos, tive uma paixonite inofensiva por ele. Mas quando Noah e eu estávamos felizes juntos, isso era algo em que eu nem pensava.

Neste momento, não tenho certeza de como me sinto. Quando estávamos no posto de gasolina, só conseguia pensar em beijá-lo e em passar a semana com ele no meu quarto separado. Agora, a ideia de me pegar com Jack é a última coisa que passa pela minha cabeça. Tudo o que consigo pensar é em voltar para casa e para meus filhos. Com certeza, estou sem interesse em beijá-lo (e se ele tentasse, eu o afastaria).

Mas logo fica claro que Jack também não tem intenção de me beijar neste momento.

– Tem alguma coisa muito doida acontecendo – diz ele.

– O que você tá querendo dizer?

– Então... – Ele aponta para o céu. – Ontem à noite o céu estava nublado e eu não conseguia ver as estrelas. Mas hoje consigo ver todas elas. E tenho certeza de que aquela ali é a Estrela Polar.

Não estou entendendo. Por que ele está me dando uma aula de astronomia?

– Humm. Tá.

Ele tira do bolso a bússola que está usando para nos guiar durante a viagem.

– A Estrela Polar fica bem ao norte. Mas olha só pra onde a bússola indica o norte.

Olho para a bússola. Ela não só não está apontando para o norte, como também está apontando na direção oposta. Há algo errado com a bússola. A mesma coisa que Noah disse.

– Só agora você percebeu que tinha algo errado?

– Esse é o problema. – Ele balança a cabeça. – Nem sempre está errado. Com base na posição do sol, hoje de manhã estava certinho. Tô começando a achar... – Ele franze a testa. – Sinto que talvez a gente esteja andando em círculos.

Mais uma vez, a mesma coisa que Noah disse. O pânico aumenta no meu peito. Isso não parece bom. Está começando a parecer que jamais vamos encontrar o caminho para sair dessa floresta idiota. Nunca mais vou chegar em casa.

– Como pode? – pergunto.

– A única coisa em que consegui pensar... – Ele baixa um pouco o tom de voz. – É que ou o Noah ou o Warner tem um ímã.

– Como é que é?

– Um ímã desorientaria a bússola, porque ela funciona com base no campo magnético da Terra. – Ele olha para o pequeno círculo em sua mão. – Se você tiver um ímã mais forte, a bússola não funciona. Além disso, ela muda de direção de acordo com a posição do ímã.

– E você acha... – Respiro fundo algumas vezes. – Você acha que o Noah ou o Warner tem um ímã?

– É a única explicação que faz sentido. – Ele dá um pigarro. – A menos que seja você.

Minhas bochechas queimam. Ele está brincando. É óbvio que está brincando, mas parte de mim acha que talvez não esteja.

– Por que alguém faria isso?

Ele dá de ombros.

– Vai saber. O Warner é maluco. Não duvido de nada vindo dele. Além disso... – Ele olha para trás. – Lembra que eu falei pra ele que meu amigo Buddy era diretor do hospital onde ele trabalha, o St. Mary's?

– Aham...

– E que ele disse que conhecia o Buddy?

Fico inquieta.

– Acho que sim...

– Bem, o problema é que... – Ele começa a coçar o couro cabeludo. – Eu me confundi. Meu amigo Buddy trabalha no *St. Elizabeth's*. Não no St. Mary's. Ou seja, não tem como o Warner conhecê-lo se ele realmente trabalha no St. Mary's.

Meu coração se agita no peito.

– O que você tá dizendo?

– Acho que o Warner mentiu pra gente sobre onde ele trabalha. – Jack cruza os braços. – Será que ele é mesmo médico?

– Eu... não sei o que dizer. – Mordo o lábio. – Talvez ele só tenha dito que conhecia seu amigo pra ser simpático.

– Não seja ingênua, Claire. – Ele baixa a voz mais um pouco. – Vou pedir a espingarda de volta pro Noah.

– Você não confia no Noah?

Ele fica em silêncio por um instante.

– Não confio em ninguém neste momento.

Ai.

– E a Michelle? – pergunto.

– O que tem ela?

Baixo os olhos. Meus tênis eram quase brancos no início da viagem e agora estão cobertos de terra. Não dá nem para saber a cor que tinham antes.

– É que você tava todo carinhoso com ela. Fiquei surpresa. E quando ela sumiu, você...

– Do que você tá falando, Claire? – Ele fica olhando para mim, piscando. – A Michelle é minha *esposa*. E ela pode estar *morta*, até onde eu sei. Você acha mesmo que eu agi de maneira desproporcional?

– Você me falou que seu casamento era uma farsa. – Ele disse isso tantas vezes que as palavras ficaram gravadas no meu cérebro. – Mas não ficou parecendo uma.

Ele franze a testa.

– Você tá agindo como se a Michelle merecesse que algo de ruim acontecesse com ela.

– Eu nunca falei...

– Sabe – interrompe ele –, ela foi a única pessoa que acreditou em mim quando eu quis começar meu negócio. Se não fosse por ela, só Deus sabe o que eu estaria fazendo agora.

Solto um suspiro.

– Então você tava mentindo pra mim o tempo todo?

Eu esperava que Jack ficasse na defensiva, mas, em vez disso, ele estreita os olhos para mim.

– É muita cara de pau sua, Claire.

E foi então que percebi a verdade sobre meu caso com Jack. Era tudo mentira. Ele nunca quis terminar com a Michelle de fato. Ele *amava* a Michelle. Ele só me dizia o que achava que eu queria ouvir.

Jack não é o homem que eu pensava que era. Como pude cometer um erro tão abissal? Não acredito que precisei quase morrer para perceber tudo isso.

Puxo o moletom dele por cima da cabeça. Está coberto de sujeira e suor, mas não é por isso que não o quero mais.

– Aqui. Pode ficar com isso.

Ele ergue as mãos.

– Tá muito frio aqui. Fica com o moletom.

Ele tem razão. Meus pelos estão arrepiados. Mas prefiro sentir frio a colocar o moletom de volta.

– Não, obrigada.

– Claire...

– Já falei que não quero.

Ele pega o moletom de volta, arrancando-o das minhas mãos com força.

– Tá bem. Você quem sabe.

Ele se afasta, segurando o moletom com a mão direita. Meus dentes rangem enquanto o vejo se afastar.

VINTE E CINCO
CLAIRE

Ontem à noite, éramos cinco pessoas ao redor da fogueira. Hoje, somos quatro.

Mal nos falamos. Jack cutuca o fogo com um graveto para mantê-lo aceso. A chama solta faíscas alaranjadas e o cheiro de madeira queimada me faz desejar marshmallows tostados. Na verdade, desejar qualquer coisa que não seja tiras de carne-seca ou castanhas.

Não consigo parar de pensar na bússola quebrada no bolso de Jack. Será que ele está certo quando diz que alguém trouxe um ímã para alterar a direção? Isso com certeza explicaria por que estamos andando em círculos.

Mas por que alguém faria isso?

Noah cutuca meu pé com o dele.

– Você parece que tá congelando, Claire.

– Tô b-bem.

Tá, meus dentes talvez estejam batendo um pouco. Noah arqueia uma sobrancelha.

– O que aconteceu com o moletom que você tava usando?

– Eu, é... – Olho de relance para Jack, cuja atenção está voltada para a fogueira. – Não precisava mais dele, então devolvi.

– Mas você tá com frio.

Não estou com tanto frio quanto antes de acendermos a fogueira. O calor que irradia dela aquece minhas extremidades, embora minhas costas continuem frias e eu ainda sinta arrepios nos braços.

– Eu tô legal.

Noah olha para mim por um momento e depois tira o moletom com capuz.

– Aqui, fica com o meu.

– Mas aí é você que vai ficar sem casaco!

– Eu nunca sinto frio. – Ele dá um tapinha na barriga. – Tenho bastante enchimento.

Não sei do que ele está falando. Tenho pelo menos tanto "enchimento" quanto Noah, quem sabe mais. Mas aceito o moletom e me cubro com ele. Mesmo que ele não tenha usado loção pós-barba nos últimos dois dias, esse é o cheiro do casaco.

– Obrigada – digo.

Ele semicerra os olhos castanho-claros.

– Imagina. Mas ainda parece que você tá com frio.

– Bem – digo baixinho –, talvez você possa me aquecer.

– Posso tentar...

Ele estende o braço direito, e eu me aconchego nele. Pela primeira vez desde que chegamos aqui, me sinto quente e segura em seu abraço. Não me lembro da última vez que Noah me abraçou desse jeito. Pelo menos parte da tensão do dia é drenada de mim.

– Lembra quando o Aidan tinha seis meses e ficamos sem luz? – pergunta ele baixinho.

Eu me permito sorrir.

– Lembro. Estava o maior frio dentro de casa. Nós três nos aconchegamos debaixo de um cobertor, tentando nos aquecer juntos.

Noah me aperta com mais força. Sinto muita falta das crianças, mas até agora não tinha percebido o quanto sentia falta do meu marido. De como ele costumava ser. De como *nós* costumávamos ser.

– Caramba, Jack. – A voz de Warner interrompe meus pensamentos. – Dá pra parar de atiçar o fogo?

– Você quer que a fogueira apague? – Jack se vira para encarar Warner. – Você vai acender de novo se isso acontecer?

Warner revira os olhos.

– Para de drama.

Jack fica quieto por um tempo enquanto mexe no fogo.

– A gente devia ter continuado a procurar a Michelle.

Warner resmunga.

– De novo isso...

– Nenhum de vocês se importava o bastante com ela pra continuar procurando. – À luz da fogueira, as bochechas de Jack ficam rosadas. – Vocês simplesmente a abandonaram. Nenhum de vocês se importou.

– Isso não é verdade – diz Noah calmamente.

Jack bufa.

– Fala sério. Todos vocês odiavam a Michelle.

Sinto meu rosto queimar. Eu realmente odiava a Michelle. Lembro a primeira vez que a vi, quando Jack a levou para jantar comigo e com Noah. Quase todas as namoradas de Jack antes dela eram garotas doces, divertidas e animadas, então Michelle foi um choque. Para começar, ela era um pouco mais velha. E era muito séria e controlada: os cabelos negros estavam sempre presos em um elaborado coque banana e ela usava uma blusa branca de bom gosto e uma saia lápis. Outra coisa que me surpreendeu em Michelle foi o fato de ela não dar muita atenção ao que Jack falava. Mas o total oposto acontecia: toda vez que ela abria a boca, ele a olhava como se ela fosse uma celebridade.

Quase no final da refeição, Michelle pediu licença para ir ao banheiro, deixando-nos sozinhos com Jack. Eu também precisava ir, mas não estava muito animada para ficar sozinha com Michelle. Nesse sentido, não mudou muita coisa ao longo dos anos.

Ela não é ótima?, perguntou Jack, todo ansioso, enquanto ela se afastava.

Noah e eu nos entreolhamos.

Ótima, repetiu Noah.

É claro que nunca fomos capazes de dizer a Jack que achávamos que Michelle não era a pessoa certa para ele. Mas mal podíamos esperar que eles terminassem.

Só que eles nunca terminaram. De repente, estavam se casando, apesar de Jack sempre ter jurado que não queria se casar até ter pelo menos 40 anos. Mas nem tudo era ruim. Graças ao escritório lucrativo de Michelle, eles podiam se dar ao luxo de ter um estilo de vida que Jack jamais teria conseguido bancar sozinho.

– Eu não odiava a Michelle – minto.

– Nem eu – diz Noah.

Suponho que seja menos mentira no caso dele. Ele nunca teve de fato um motivo para odiá-la.

Warner dá de ombros.

– Eu nem conhecia ela.

– Exatamente! – A mão de Jack se fecha. – *Nenhum* de vocês conhecia ela. Vocês não se importavam com ela. Se a conhecessem, nunca teriam deixado ela.

– Não olha pra mim – rebato. – Eu não queria nem ter deixado a Lindsay, lembra?

– A Lindsay tava morta! – retruca Jack. – Não tinha nada que a gente pudesse fazer! Isso é totalmente diferente.

Nunca tinha visto Jack tão irritado. Noah me envolve com seu braço.

– Não se iluda – diz Warner. – A Michelle também está morta. Ela podia até ser uma advogada brilhante, mas era burra demais pra entender que não deveria sair sozinha por aí. E um animal selvagem matou ela.

O rosto de Jack está quase roxo.

– Retire o que disse.

– Não vou retirar o que disse. É verdade. – Ele dá de ombros. – Pelo menos eu aceito que a minha namorada morreu. Você está em negação.

Jack se levanta de um pulo. Antes mesmo que eu consiga entender o que está fazendo, vejo Jack se abaixar e alcançar algo ao lado de Noah. Demoro um segundo para perceber que ele está pegando a arma.

Mas Noah é rápido demais para ele. Coloca sua mão protetora sobre a espingarda.

– Não faz isso, Jack.

– Me dá a arma, Noah.

– Nem pensar.

– Me dá a porra da arma, Noah!

Noah apenas balança a cabeça.

Há um momento de tensão em que tenho medo de que Jack possa agredir Noah por isso. E se um deles levasse um tiro? O que a gente faria?

Warner é médico, mas não conseguiu salvar a Lindsay. Se um de nós levasse um tiro feio, seria o fim.

– Vou dar uma volta – diz Jack, por fim.

Noah assente.

– Boa ideia.

Jack olha para a arma uma última vez e sai em direção à floresta. Eu o vejo desaparecer entre duas árvores, sem saber se fico com medo ou se torço para que não volte.

– Seu amigo é completamente pirado – murmura Warner.

Imaginei que Noah diria algo para defender o melhor amigo, mas ele fica de bico calado.

– E quer saber do que mais? – Warner franze a testa. – A Michelle parecia uma megera daquelas. Não que eu a conhecesse ou algo do tipo, mas dava pra perceber.

– Na verdade, não. – Noah dá de ombros. – Ela não era tão ruim assim. Ela só... ela e o Jack tinham questões.

Olho para Noah, surpreso por ele defender Michelle, levando em consideração que nunca gostou tanto dela. Mas, por outro lado, se ele realmente acha que ela está morta, não há motivo para falar mal dela.

– Amanhã a gente tem que ir pro norte – diz Warner. – Temos que seguir o sol, não aquela bússola quebrada que está fazendo a gente andar em círculos. A pousada fica ao norte. Eu sei disso. Se formos para o norte, vamos encontrar alguma coisa.

Noah assente.

– Concordo.

Pela primeira vez no dia, sinto uma pontada de esperança. A bússola era obviamente nosso problema. Se seguirmos o sol, vamos chegar à pousada.

– Vou tentar dormir um pouco – anuncia Warner. – Nunca me senti tão cansado em toda a minha vida.

– Eu também – digo. Solto um bocejo quando uma sensação de sono quase dolorosa se apodera de mim. Minhas pálpebras parecem feitas de chumbo. Deve ser por causa de toda aquela caminhada. – Não consigo manter os olhos abertos.

Olho para Noah, imaginando o que vai acontecer em seguida. Ontem à noite, não havia dúvida se dormiríamos ou não um ao lado do outro (dormimos separados, como sempre). Mas agora algo mudou. Eu o quero ao meu lado. Quero seus braços ao meu redor enquanto dormimos.

Eu me deito na minha cama improvisada de folhas. Noah hesita por um momento, depois se deita ao meu lado. Ele passa o braço ao meu redor, me puxando para perto. Apesar de tudo o que está acontecendo agora, tenho uma sensação de paz. Sentia muita falta disso.

Eu te amo. As palavras estão na ponta da língua. Faz muito tempo que não digo isso a Noah. Costumávamos falar o tempo todo. Era assim que encerrávamos todas as chamadas telefônicas. Nunca mais dissemos isso. É a primeira vez em anos que sinto essa necessidade. A única coisa que me impede é Warner, deitado a poucos metros de nós.

Noah me puxa para mais perto ainda de seu corpo quente. O fogo se apaga enquanto meus olhos se fecham. Estou muito cansada. Deve ser por causa da caminhada. Sinto que poderia passar dias dormindo.

E durmo por muito tempo. A única coisa que finalmente me acorda é um som de tiro.

VINTE E SEIS
ANÔNIMO

As regras na nossa casa eram bastante rígidas.

Jantar às seis em ponto toda noite: era raspar o prato ou já era. Voltar direto para casa logo após a escola. Igreja todo domingo de manhã. Meia hora de televisão somente nos finais de semana, e nada de TV se alguém descumprisse alguma regra. E toda noite, antes de dormir, minha mãe ficava olhando enquanto eu fazia minhas orações:

Agora me deito para dormir,
Peço a Deus que guarde minha alma.
Se eu viver mais um dia,
Peço a Deus que guie meu caminho. Amém.

Se as regras não fossem cumpridas, havia consequências. Quando meu pai estava em casa, geralmente era algo razoável. Ficar sem sobremesa. Ir para a cama mais cedo. Mas, se ele não estivesse por perto, as punições eram mais criativas.

Um dia, quando estava voltando para casa, aos 12 anos, minha mãe me pegou mascando chiclete. Tínhamos sido transferidos havia pouco tempo para uma escola nova, e eu estava me esforçando para fazer amigos dessa vez. Um desses amigos havia me dado um chiclete na escola, e eu o masquei durante todo o caminho para casa. Pretendia me desfazer da prova do crime assim que chegasse, mas minha mãe estava passando aspirador de pó na sala de estar e me pegou no flagra.

– O que você acha que está fazendo? – perguntou ela entredentes.

Eu deveria ter simplesmente cuspido e pedido desculpas. Mas eu não era muito inteligente.

– Todas as outras crianças da escola podem mascar chiclete.

– Você quer dizer aqueles seus coleguinhas marginais?

– Não é justo – murmurei bem baixinho.

– Justo? – Minha mãe deixou o aspirador de pó de lado, os olhos brilhando. – Você quer falar sobre o que é justo? Você acha que é justo eu ficar presa aqui com você enquanto seu pai tá por aí...

Não falei mais nada. Era hora de calar a boca.

– Cospe. – Minha mãe estendeu a mão na frente da minha boca. Cuspi o chiclete sem sabor. – Ótimo. Agora vai lá fora e pede perdão pra Deus pelo que você fez.

– Lá fora?

Era inverno. Um dos dias mais frios do ano. Eu tinha caminhado meia hora para chegar em casa e mal conseguia sentir os dedos dos pés dentro do tênis. Não queria voltar para o lado de fora.

– É. – Ela me encarou. – Não vou deixar você simplesmente ir pro quarto, onde tá cheio de jogos e livros. Pra fora. Já.

– Mas...

– Se quiser bater boca, vou ficar feliz em pendurar seu casaco pra você.

Eu não tinha dúvidas de que ela faria isso.

Fui até o quintal me arrastando. Estava ainda mais frio lá do que na rua. Alguns vizinhos nossos tinham balanços de pneus ou brinquedos no quintal, mas eu não tinha nada. Nem mesmo uma bicicleta. Eram só os arbustos de frutas silvestres da minha mãe ali.

Eu estava com fome, mas naquele momento não havia nada nos arbustos. Abracei meu peito, tentando me aquecer. Corri no mesmo lugar, o que ajudou um pouco, mas não fez com que meus dedos das mãos e dos pés nem as orelhas ficassem menos gelados.

Caminhei até a pequena cruz de madeira no meio do quintal. Foi ali que Floquinha foi enterrada no ano anterior. Minha mãe havia chorado de joelhos. Fiquei me perguntando se ela choraria daquele jeito se algo ocorresse comigo. Não conseguia imaginar isso acontecendo.

Esperei e esperei. Depois de quinze minutos, tinha certeza de que ela me chamaria de volta. Mas não. O sol se pôs, e eu ainda estava lá fora. Esperando.

Passei três horas lá. Por fim, ela me deixou entrar para jantar. Àquela altura, meus dedos das mãos e dos pés e as pontas das orelhas estavam vermelhos e eu não conseguia senti-los. Fiquei com medo de ter sofrido queimaduras e precisar ir ao médico. Uma vez, li uma história sobre um homem que teve queimaduras de frio quando se perdeu durante uma nevasca e tiveram que remover parte do nariz dele.

Molhei os dedos na água morna, mas a sensibilidade não voltava. Minha mãe me observava, estalando a língua, impaciente. Ela ainda era mais alta do que eu (eu era a criança mais baixa da minha turma: a maioria das pessoas achava que eu era três ou quatro anos mais jovem).

– Eu falei que está na hora do jantar – insistiu ela. – Se não quer comer, pode voltar lá pra fora.

– Não consigo sentir meus dedos. – Tentei fechar a mão direita. Os dedos se moveram, mas mais devagar do que eu queria. – Preciso ir no médico.

Ela bufou.

– Para de palhaçada. Só vem jantar.

– O que tem pra comer? – perguntei.

– Você acha que sou sua empregada? – Ela ficou me encarando, os olhos piscando. – Você consegue fazer sua própria comida, não é?

Não deveria ser uma surpresa para mim. Quando meu pai estava por perto, comíamos bem. O prato favorito dele era costeleta de porco com molho de maçã. Ele também gostava da lasanha da minha mãe. Mas, quando ele não estava, geralmente eu precisava dar meu jeito.

Eu me afastei da pia e fui até a geladeira. Minha mãe não me deixava usar o fogão, então minhas opções eram limitadas. Peguei pão e manteiga de amendoim. Meus dedos estavam desajeitados, mas consegui fazer um sanduíche. Só deixei a faca cair duas vezes.

No dia seguinte, havia bolhas nos meus pés e mãos. Quando fui para a escola, esperava que a professora percebesse e me mandasse ir ver a enfermeira, para que alguém pudesse me atender sem que eu arrumasse confusão.

Mas ninguém notou. Não foi nenhuma surpresa, pois minha professora tinha varizes no nariz e cheirava a álcool pela manhã.

No final das contas, meus dedos acabaram ficando bem. Recuperei a sensibilidade e as bolhas cicatrizaram. Nem dá mais para ver onde elas ficavam.

Dois dias depois, quando tirei minha camiseta favorita da gaveta da cômoda, descobri que havia um chiclete mastigado grudado nela havia dias. Não consegui tirar.

VINTE E SETE
CLAIRE

– O que foi isso?

Fico sentada de repente, com o coração batendo forte. O sol está começando a despontar no horizonte, claro o suficiente para que eu possa ver Noah ainda dormindo ao meu lado. Mas quando olho para as brasas mortas da fogueira da noite passada, descubro que os outros dois membros do nosso grupo sumiram.

– Noah. – Sacudo o ombro dele. – Acorda...

Noah geme e esfrega os olhos. Como eu, ele está com as mesmas roupas há dois dias e agora a barba está quase cheia.

– O que foi? O que aconteceu?

– Ouvi um tiro. – Abraço os joelhos contra o peito. – E o Jack e o Warner... Eles sumiram.

– Um tiro? – Noah franze a testa. – Mas a arma está... – A mão dele vai até a lateral do corpo e toca apenas a terra vazia. – Merda.

Junto as mãos com força. Com certeza ouvi um tiro. Mas não sei de onde veio. Onde estão Jack e Warner? E qual deles está com a arma?

Há um farfalhar vindo da mata à nossa direita. Noah e eu nos entreolhamos. Engulo em seco.

– Será que a gente... deveria ir atrás deles?

Ele balança a cabeça.

– Vou dar uma olhada. Você fica aqui.

– De jeito nenhum. – Eu me arrepio dentro do moletom com capuz de Noah. – Não vou ficar pra trás.

– Claire...

– Se você vai, eu também vou.

– Tá bem – responde ele, com um suspiro. – Mas... fica atrás de mim.

Levantamos, sacudimos a terra da roupa o máximo possível e seguimos na direção do ruído. Embora a expectativa seja encontrar Jack ou Warner, isso não significa que sejam eles fazendo o barulho. Pode ser um animal selvagem. A gente pode estar se metendo em uma situação muito perigosa.

A floresta está relativamente silenciosa, a não ser pelo chilrear de alguns pássaros. Mantenho os olhos adiante, mas continuo verificando o chão para ter certeza de que não vou tropeçar, como Michelle. Se eu torcer o tornozelo, o que vai ser de mim? Eles vão me deixar para trás? Não acho que Noah faria isso, mas não quero pagar para ver.

Noah ajeita os óculos enquanto olha para longe.

– Tô vendo alguém.

– Quem?

– Acho que... é o Jack.

Tento ver por cima do ombro de Noah, mas ele ergue a mão para me manter atrás dele. Estreito os olhos e consigo ver com dificuldade a silhueta de Jack. É um alívio. Pelo menos, ele ainda está vivo.

– Jack! – grita Noah.

Por um segundo, recebemos apenas silêncio em resposta. Mas então a silhueta de Jack se vira na nossa direção. É ele. E está com a espingarda na mão.

E não vejo Warner em lugar algum.

– Jack! – Noah chama mais uma vez enquanto acena com a mão.

Jack acena de volta. Ele começa a voltar na nossa direção, mancando um pouco no chão irregular. Também estou mancando. Meus pés estão tomados de bolhas. Tenho medo até de olhar.

Só quando Jack chega mais perto é que percebo as manchas vermelhas.

Os joelhos da calça jeans dele estão vermelho-escuros. As mãos também estão manchadas. Provavelmente é esperar demais que tenha caído em um arbusto de framboesas ou algo assim. Essas manchas só podem ser uma coisa.

– Jack – diz Noah, ofegante. Ele dá um passo para trás. – Você... O que é isso nas suas mãos e na sua calça?

Jack estende as mãos manchadas.

– Não é o que você tá pensando.

– Cadê o Warner? – pergunto.

Jack balança a cabeça.

– Não sei.

Engulo em seco e olho para a espingarda na mão dele.

– Ouvi um tiro.

Jack fica quieto por um instante. Por fim, ele se senta no chão e apoia a cabeça sobre os joelhos. Eu o ouço murmurar alguma coisa.

– Jack. – Noah coloca a mão no ombro dele. – O que aconteceu?

Ele levanta a cabeça.

– Me desculpa por ter pegado a espingarda de volta, Noah. Só fiz isso porque o Warner desapareceu e eu quis ir atrás dele. Quer dizer, não dou a mínima pro que ele faz, mas ele tem o mapa. Então...

– Você atirou nele? – perguntei.

Jack fica boquiaberto.

– Não! É claro que não. Como você pode achar isso?

Hum... porque ele está segurando uma espingarda, eu ouvi um tiro e ele está coberto de sangue? Troco um olhar com Noah.

Jack passa a mão trêmula pelo cabelo.

– Tá, eu dei um tiro. Mas só porque achei que tinha visto um coiote.

– Eles não andam em grupos? – pergunto.

– Nem sempre – murmura Jack. – Enfim, o bicho fugiu depois que disparei. Mas aí escorreguei em alguma coisa molhada no chão. Era... – Ele olha para as manchas vermelho-escuras nas mãos. – A mesma coisa de quando a Michelle desapareceu...

O rosto de Noah fica um pouco mais pálido, mas consigo ver que ele está tentando não deixar transparecer que está abalado. Eu, por outro lado, sinto vontade de vomitar. Se tivesse alguma coisa na minha barriga, provavelmente colocaria tudo para fora.

– O sangue pode não ser do Warner – argumenta Noah. – Talvez seja de algum bicho.

– Talvez – murmura Jack.

Noah olha na direção de onde Jack veio.

– Você pode mostrar pra gente?

Não quero ver uma poça enorme de sangue. Mas se existe alguma chance de encontrar Warner, temos que saber com o que estamos lidando. E não vou ficar para trás enquanto eles vão até lá. Então, a contragosto, sigo Jack enquanto ele nos leva ao local onde encontrou o sangue.

Ele não estava brincando. Há *muito* sangue espalhado pelo chão; é ainda pior do que ontem. As gotas vermelhas mancham cada folha de grama. Não há dúvida do que é.

Então, olho para a árvore mais próxima de nós. Há cinco cortes profundos na madeira. Como marcas de garras.

Fecho os olhos e tento imaginar o que poderia ter provocado todo esse sangue no chão. Será que é o sangue do Warner? Se for, o que aconteceu com ele? Será que o coiote que Jack viu levou a melhor e o arrastou para longe?

Mas é impossível ter sido um coiote. Seria pequeno demais para carregar alguém tão grande como Warner. E não deixaria aquelas marcas enormes de garras na árvore. Se um animal fez isso com ele, deve ter sido algo muito maior do que um coiote.

Não consigo deixar de lembrar as palavras de Emma quando me implorou para não viajar. *Sonhei que um monstro comia vocês.*

Gostaria de ter dado ouvidos à minha filha. Sinto um nó na garganta. Espero poder vê-la de novo.

Jack está olhando para a poça de sangue, uma expressão distante ainda nos olhos. Há outra possibilidade, é claro. Eu ouvi um tiro. Talvez Jack não tivesse atirado em um coiote. Talvez tenha atirado em Warner.

Se ele fez isso, teve tempo suficiente para esconder o corpo entre o disparo e o momento em que o encontramos.

– A gente deveria procurar o Warner – diz Noah. – Se um animal o atacou, ele pode estar caído em algum lugar, muito machucado.

– Claro – diz Jack, mas não há convicção em suas palavras.

Eu sei como ele se sente. Não encontramos Michelle ontem, e não acredito que encontraremos Warner agora. É um desperdício de tempo e energia. Precisamos nos concentrar em encontrar ajuda.

O que ocorreu com Michelle se repetiu com Warner. Ele se foi. E talvez a gente nunca saiba o que aconteceu com ele.

VINTE E OITO
CLAIRE

Passamos uma hora procurando Warner. Na verdade, estamos procurando o mapa. Se encontrássemos o papel caído na terra em algum lugar, provavelmente encerraríamos a busca de imediato.

Fico perto de Noah o tempo todo. A ideia de me perder sozinha é assustadora demais. Jack sai sozinho, mas nós três nos mantemos perto do acampamento.

– Warner! – grita Noah. Ele já chamou o nome dele tantas vezes que está ficando rouco. A falta de água não ajuda. – Warner!

Nenhuma resposta.

– Meu Deus – murmura Noah ao cair sentado em uma rocha grande. Ele enxuga uma gota de suor da testa. – Tá ficando quente, não tá? Acho que ele não tá aqui. A gente deveria encontrar o Jack e ir embora.

– É.

O sol já ficou alto no céu, o que nos indica a direção leste. Podemos entender para que lado fica o norte e começar a seguir na direção da pousada. Não temos o mapa, mas com certeza vamos encontrar algo.

– Noah? – chamo.

– Humm?

– Você... – Dou um pigarro. – Você acha que o Jack está dizendo a verdade sobre ter atirado no coiote?

Noah fica olhando para mim, piscando.

– Você tá me perguntando se eu acho que o Jack matou o Warner?

– Não...

Ele fica em silêncio por um tempo, olhando para o céu.

– Olha, eu sei que o Jack e a Michelle estavam sendo carinhosos um com o outro no outro dia, mas ele queria sair daquele casamento. Tipo, muito.

Dou uma tossida.

– Queria, é?

Noah assente, sério.

– Ele estava infeliz. Vivia me dizendo que não sabia como ela era quando se casou. Sabia que tinha cometido um erro. Além disso, ele estava... sabe, traindo ela. E não foi só uma vez.

Desvio os olhos.

– Ah, eu... eu não sabia.

– Pois é. – Ele solta um suspiro. – Mas o que ele podia fazer? Ela é a melhor advogada de divórcios do estado. Ele não queria perder tudo.

Cubro a boca com a mão.

– O que você tá dizendo, Noah?

Ele dá uma olhada ao redor.

– Não estou dizendo nada. Só acho que todo esse esquema foi meio conveniente. Ele traz uma espingarda. A Michelle se perde na floresta, mesmo tendo torcido o tornozelo. Quer dizer, se a Michelle desaparecesse pra sempre, não seria nada mau pra ele.

– Mas e o Warner?

Noah respira fundo e baixa o tom de voz.

– O Warner me contou uma coisa ontem. Acho que você deveria saber.

Minhas pernas de repente parecem gelatina. O que quer que ele esteja prestes a dizer, não tenho certeza se quero ouvir.

– Na noite em que a Michelle desapareceu – diz Noah –, o Warner viu o Jack entrar na floresta com ela.

– *Como é que é?*

Acho que estou sufocando. Eu me ajoelho no chão. Estou me sentindo tonta.

O que Noah está dizendo não pode ser verdade. No entanto...

Jack queria mesmo se divorciar. Isso é um fato. Apesar da nossa conversa de ontem, acredito que ele não estivesse mentindo sobre isso. Ele me contou uma vez que se sentia mal com a ideia de passar os próximos trinta anos casado com "aquela mulher".

Às vezes, acho que valeria a pena. Perder tudo só para me livrar dela.

Talvez essa viagem tenha sido a maneira inteligente dele de fazer exatamente isso. E talvez ele soubesse que Warner o tinha visto e precisava se livrar dele também. E tudo isso *é, sim*, muito conveniente para ele. Aqui estamos nós, perdidos na floresta graças à bússola defeituosa de Jack. Seria muito fácil para um animal acabar com um de nós. Ou mais de um.

E quanto a Lindsay? Ela comeu aquelas frutas e, na época, pareceu um acidente inevitável. Mas Jack conhece a floresta mais do que ninguém. Talvez ele estivesse torcendo para que Michelle comesse as bagas venenosas.

Começamos essa viagem com seis pessoas. Agora só restam três.

Talvez Noah ou eu sejamos os próximos...

– Você acha mesmo que o Jack matou eles? – sussurro.

Noah evita meus olhos.

– Eu... eu não sei. Conheço o Jack desde que a gente tinha 18 anos, e... Não, não acho que ele faria isso. Ele não é uma pessoa ruim.

Será que Noah diria que Jack não era uma pessoa ruim se soubesse que o amigo dormiu com sua esposa?

Se Noah sugerisse que fôssemos embora agora, só nós dois, eu ficaria muito tentada a topar. Mas, a essa altura, parece cruel deixar Jack para trás. É claro que é ele quem tem a espingarda.

– Enfim. – Noah balança a cabeça. – É melhor irmos embora. Tenho certeza de que isso tudo é só fruto da nossa imaginação.

Noah se levanta da rocha e eu o sigo. Mas, enquanto caminho de volta para o acampamento, é impossível me livrar da sensação terrível de que talvez não consiga voltar viva para casa depois dessa viagem.

VINTE E NOVE
CLAIRE

Caminhamos na direção norte, guiados pelo sol. Nem estamos mais tentando usar a bússola de Jack.

O mapa já era. Embora Noah tenha dito que ele estava errado, dá para ver que nenhum dos dois está se sentindo à vontade para andar sem ele. Estamos caminhando rumo ao desconhecido, simplesmente torcendo para encontrar algo antes de entrarmos em colapso.

A comida acabou. Comemos o que havia sobrado antes de partirmos. Agora estou ficando com fome, mas tenho medo de sequer pensar nas nossas opções. Se Jack me disser que a única opção é comer insetos, acho que prefiro morrer de fome. Mas talvez eu pense diferente à noite.

Encontramos um pequeno riacho e enchemos as garrafas de água. Felizmente, não é muito lamacento, então não precisamos filtrar a água em uma camiseta. Eu a vejo girar dentro da garrafa de Jack e praticamente salivo.

– Então, tenho más notícias – diz Jack.

Más notícias? Estamos presos na floresta há dois dias. Não temos mais comida. Até que ponto ainda pode piorar?

– Essa é a última pastilha. – Jack a coloca na garrafa de água. – Então precisamos mesmo racionar a água.

Sinto o estômago revirar. Essa é uma notícia muito ruim. Quanto tempo uma pessoa consegue viver sem água?

Noah me envolve em seu braço, mas isso não ajuda em nada a aliviar a sensação de pavor no fundo do meu estômago.

– Vai ficar tudo bem – murmura ele no meu ouvido.

Como vai ficar tudo bem? *Como?*

Todos tomamos alguns goles da garrafa e Jack a coloca de volta na mochila. Quando começamos a caminhar de novo, fico me perguntando se Penny entrou em contato com alguém para saber de nós. Com certeza, a essa altura, ela já sabe que deve haver algo errado. Jamais teríamos passado dois dias sem ligar para falar com as crianças. Tenho certeza de que Emma está apavorada.

Penny sabe o nome da pousada. Ela pode ter ligado para lá e descoberto que nunca fizemos o check-in. Pode haver uma equipe de busca procurando por nós agora mesmo.

Fecho os olhos. Preciso apenas me agarrar a essa esperança. Alguém com certeza está nos procurando a essa altura. Tenho que sair dessa. Tenho que voltar para casa, para Emma e Aidan.

– Olha! – A voz de Jack interrompe meus pensamentos torturantes. – Lá na frente!

Se for outro coiote, não quero saber.

Abro os olhos. E fico de queixo caído.

É uma cabana. A cerca de 500 metros de distância. Mal consigo vê-la, mas é real. E também não parece estar abandonada. No mínimo, podemos entrar e pegar suprimentos.

– Meu Deus – sussurra Noah.

Passamos mais ou menos a última hora nos arrastando devagar, mas agora sentimos uma explosão de energia. Praticamente corremos até a cabana. Sinto que há uma chance de que seja miragem e desapareça quando chegarmos perto demais. Mas não.

É real. Estamos salvos.

Por mais aliviada e feliz que esteja ao ver a cabana, fico com uma sensação de desconforto à medida que nos aproximamos. É uma cabana solitária no meio do nada. Que tipo de pessoa viveria aqui? E se for alguém violento ou maluco? Jack tem a espingarda, mas isso não faz com que eu me sinta muito melhor.

A cabana é pequena: apenas um pavimento, provavelmente com apenas um ou dois cômodos. A madeira está velha e lascada, e algumas partes estão podres. Não há luzes acesas do lado de dentro, mas isso não significa que não haja ninguém. Talvez a cabana não tenha eletricidade. Jack bate na porta e esperamos. Depois ele bate de novo.

Noah caminha pela lateral da cabana e olha por uma das janelas.

– Acho que não tem ninguém em casa – diz ele. – Não vejo movimento lá dentro, e não tem nenhum veículo por perto.

– Pode ser uma cabana que alguém usa só pra férias. – Jack dá um pigarro. – Acho que a gente deveria invadir. É uma emergência.

Ele nos encara esperando uma confirmação. Nós dois assentimos vigorosamente. Não tem a menor chance de eu sair de perto dessa cabana.

– Noah, vê se a janela tá aberta – diz Jack, mas, assim que as palavras saem, ele coloca a mão na maçaneta da porta e ela se abre. Parece que não vamos precisar arrombar a porta, afinal. – Bem, isso foi fácil.

Um pouco fácil demais. A sensação ruim no meu estômago voltou.

– Peraí. – Agarro o braço de Jack quando ele começa a entrar. – É bom a gente tomar cuidado. E se tiver alguém esperando a gente?

– Esperando a gente? – Jack ergue as sobrancelhas. – Claire, a cabana tá vazia. Não tem luz lá dentro nem nenhum carro por aqui. Não tem ninguém lá dentro.

Prendo a respiração quando ele abre a porta.

TRINTA
ANÔNIMO

Meus pais discutiam muito à noite.

Eu ouvia os dois do meu quarto, que ficava logo em cima da escada, então conseguia entender praticamente tudo o que diziam. Na maioria das vezes, minha mãe queria que meu pai passasse mais tempo em casa. Que parasse de viajar tanto. Eu não a julgava, pois também queria isso.

Quando eu tinha 16 anos, eles tiveram uma das piores discussões que já ouvi. Nem sequer tentaram falar baixo.

– Já é bem ruim você estar sempre deixando a gente aqui pra ir ficar com essas suas vagabundas! – gritou minha mãe para ele. – Você tá sempre por aí se divertindo e eu presa aqui, sozinha.

– Você não tá sozinha – observou ele.

Ela bufou.

– Pois preferia estar.

– Não diz uma coisa dessas...

Meu pai era o único que me defendia. Ninguém mais gostava de mim. Eu quase não tinha amigos na escola. Os professores reclamavam que eu nunca participava das aulas e não olhava nos olhos deles. E minha mãe me odiava.

– Mas agora você foi longe demais – reclamou minha mãe. – Minha própria irmã! Como você pôde?

– Eu não...

– Mentiroso! – Houve um estrondo. Minha mãe deve ter jogado alguma coisa nele. – Fala pra ela agora mesmo que acabou!

– Helen... para de agir feito louca...

– Não vem me dizer pra não agir feito uma louca, seu canalha de uma figa! – Outro estrondo retumbante, seguido de vidro quebrando. – Sai da minha casa!

– Ótimo!

Estremeci quando a porta bateu. Não era a primeira vez que ele saía desse jeito, mas toda vez eu ficava pensando que talvez fosse a última. Não conseguia entender por que ele sempre voltava. Minha mãe era uma pessoa horrorosa; ela sempre o acusava de coisas terríveis. Talvez ele ficasse por minha causa.

Mas, em algum momento, ela o faria ir embora.

Fiquei olhando para as rachaduras no teto do meu quarto escuro. Odiava minha mãe. Ela estava afastando a única pessoa que se importava comigo. Se eu não fizesse nada, ele iria embora. Para sempre.

Pensei na espingarda do meu pai. Ele a guardava embaixo da cama no quarto de hóspedes. E se eu a pegasse e montasse do jeito que ele me ensinou? Poderia dizer que ouvi um intruso. Então minha mãe apareceu, e eu a matei por acidente. Que tragédia.

Todos acreditariam em mim. Afinal de contas, por que eu atiraria de propósito na minha própria mãe?

Será que eu conseguiria fazer isso? Já havia atirado em animais antes, mas nunca em uma pessoa. E essa pessoa ainda por cima era minha mãe. Se fosse necessário, será que eu apertaria o gatilho?

Mas não era essa a pergunta. Se eu tivesse uma arma na mão e minha mãe estivesse na minha frente, eu não conseguiria me conter.

Assim que a casa ficou em silêncio, saí de fininho do meu quarto. Com cuidado, segui o corredor até o quarto de hóspedes. Meu coração estava batendo muito rápido, mas, ao mesmo tempo, eu me sentia bem. Muito bem mesmo. Não tinha percebido até que ponto queria fazer aquilo.

O quarto de hóspedes estava escuro e a cama de casal, arrumada. Eu me agachei ao lado da cama e tateei até os dedos tocarem a caixa de metal. É isso aí. Tirei a caixa de baixo da cama, minhas mãos formigando de expectativa.

Até que vi o cadeado no estojo da arma.

Xinguei baixinho. Não era permitido falar palavrões em casa, mas aprendi na escola. Enfim, não conseguiria pegar a espingarda. Lá se foi o plano.

Enfiei a maleta de volta embaixo da cama. Meu estômago roncou alto. Não tinha comido o suficiente no jantar. Minha mãe fez só um pouco de frango, então comi cerca de um quarto do que os outros comeram. Estava morrendo de fome. Se eu tivesse dito a ela que ainda estava com fome, ela teria gritado comigo, me criticando pela minha ingratidão. Mas agora que ela estava na cama, eu poderia ir até a geladeira e fazer um lanche.

Desci as escadas até a cozinha. Nossa escada rangia. Cada degrau soava como um tiro, principalmente o terceiro de cima para baixo. Mas minha mãe não acordou.

Abri a geladeira e dei uma olhada no que tinha dentro. Estava com fome suficiente para comer tudo o que havia lá. Eu era uma criança magricela. Mais do que qualquer outra da minha turma. Elas implicavam comigo dizendo que eu era um esqueleto. Quando tirava a camiseta no vestiário, dava para contar minhas costelas.

Fiz um sanduíche. Com rosbife da delicatéssen que minha mãe comprava especialmente para meu pai. Queijo Muenster. Muita maionese e mostarda Dijon. Fiquei com água na boca ao olhar para ele.

Mas, assim que me sentei à mesa da cozinha, ouvi um estrondo vindo do andar de cima.

Vinha do quarto da minha mãe. Dei uma mordida rápida no sanduíche, afastei a cadeira e me levantei de novo. O que ela estava fazendo?

Subi as escadas mais depressa que o normal. O quarto dos meus pais ficava no final do corredor. Tentei ouvir algum outro ruído. Mas estava tudo em silêncio.

Caminhei com cuidado até o final do corredor. Por um segundo, me ocorreu que talvez minha mãe tivesse a chave do estojo da arma. Talvez ela achasse que era eu quem estava afastando meu pai e tivesse o mesmo plano que eu. Fingir que ouviu um intruso e depois me matar.

Será que ela realmente faria algo assim?

Quando cheguei no quarto dela, tentei ouvir o que se passava lá dentro. Nenhum som. Bati na porta.

– Mãe?

De novo, nenhuma resposta.

Minha barriga dava cambalhotas. Talvez ela estivesse apenas dormindo. Mas o que tinha sido aquele estrondo?

Estendi a mão e girei a maçaneta devagar. A primeira coisa que vi foi o corpo esparramado no chão. Minha mãe, bem ao lado da cama. Caída no carpete, com um rastro de baba saindo dos lábios.

Fiquei olhando para ela por um momento. Por que ela estava dormindo no chão? Então vi os frascos de comprimido na mesa de cabeceira. Quatro.

Passei por cima do corpo dela e olhei os vidros mais de perto. Estavam todos vazios. Peguei o primeiro. Em caso de dificuldade para dormir, tome 01 comprimido.

Afundei na cama ao me dar conta do que ela havia feito. Ela havia tomado todos os comprimidos que havia na casa. E agora estava desmaiada no chão, provavelmente precisando de uma lavagem estomacal, como ouvi dizer que Dan Chadwick fez depois da festa de Ano-Novo para a qual não recebi convite.

E se isso não acontecesse, ela morreria.

Coloquei o frasco de comprimidos de volta na mesa de cabeceira. Passei por cima do corpo dela e saí do quarto, fechando a porta. Depois, desci as escadas e terminei meu sanduíche.

TRINTA E UM
CLAIRE

A cabana parece vazia.

O silêncio é absoluto, para começo de conversa. Há um sofá surrado no meio do que parece ser a sala de estar, com rasgos e enchimento saindo de um dos encostos. Uma pequena lareira coberta por uma camada de fuligem, uma estante não muito alta com livros de vários tipos e uma cozinha onde há uma pia e uma geladeira cinza e enferrujada.

Meu Deus. Uma pia!

Nós três corremos para ela. Jack chega primeiro e abre uma das torneiras. Quase choro de felicidade quando sai água. Água! Água limpa, levemente tingida de marrom, mas que pelo menos não tem lama. E não precisamos racioná-la. Podemos beber o quanto quisermos!

Há copos no armário acima da pia, e Jack os passa de mão em mão. Parecem sujos e engordurados, mas não importa. Enchemos os copos e bebemos tudo, depois voltamos para encher mais. A água tem um sabor metálico, mas eu não estou nem aí. Parece vinho depois do que bebemos nos últimos dois dias.

– Ei – disse Noah depois que todos nós bebemos dois copos cheios de água –, olhem só isso.

Ele está apontando para a mesa circular e frágil da cozinha. Há uma cadeira de plástico em frente a ela. Mas o que é realmente estranho é que tem um prato sobre a mesa. Com um sanduíche nele. Deram duas mordidas. E há também um copo de água pela metade.

– Então tem alguém aqui, *sim*! – digo, talvez alto demais.

Jack estreita os olhos para a comida em cima da mesa. Ele levanta a espingarda e aponta na direção do que parece ser o quarto. A porta está bem fechada.

– Bate na porta – diz Noah. – Se tiver alguém lá dentro, nós explicamos a situação. Com sorte, vão entender.

Jack se aproxima lenta e silenciosamente da porta do quarto. Noah se coloca à minha frente e sussurra:

– Fica pronta pra se abaixar.

Jack hesita diante da porta. Ele levanta a mão e bate de leve. Ninguém responde.

– Olá? – diz ele.

Nenhuma resposta.

– Nós estamos, é… – Ele dá um pigarro. – Estávamos perdidos na floresta e…

Ainda sem resposta.

Jack olha de relance para nós.

– Vou abrir a porta.

Noah concorda com a cabeça. Aperto o braço dele com tanta força que devo estar machucando-o, mas ele não diz nada.

Assim como aconteceu com a porta da frente, Jack pega a maçaneta e ela gira com facilidade. Ele segura a espingarda com as duas mãos e chuta a porta de leve com o pé. Ninguém sai atirando, o que considero uma vitória. Prendo a respiração quando ele abre a porta até o fim e entra no quarto.

– Vazio! – exclama ele.

Como assim…?

Jack verifica o banheiro, que também está vazio. Minha alegria por não ter mais que me agachar em um arbusto para fazer xixi é drenada pelo desconforto com toda essa situação. Embora a gente não tenha encontrado ninguém na cabana, alguém está morando aqui. Quer dizer, tem um sanduíche mordido em cima da mesa. Ninguém volta para casa depois das férias e deixa comida pela metade na mesa. Bem, a maioria das pessoas não faria isso.

Vou até o quarto e dou uma olhada lá dentro. Há um pequeno colchão de solteiro no meio do cômodo, sobre uma estrutura de metal enferrujada. Algumas mantas estão amontoadas na cama. Não quero dizer que quem mora aqui deveria ter feito a cama, mas parece um lugar onde alguém dormiu há pouco tempo. Há bem pouco tempo.

– Tem alguém morando aqui, com certeza – digo.

Jack dá de ombros.

– Não sei o que dizer. Não tem ninguém aqui. E não estou vendo nenhum carro. Como alguém poderia chegar aqui sem carro?

– Alguém viu um telefone? – pergunta Noah.

É uma ótima pergunta. Tiro o celular da bolsa, torcendo para que tenha voltado à vida de repente. Não tenho essa sorte. Noah está na mesma. Jack foi esperto o bastante para desligar o celular logo de cara, mas, quando ele o liga agora, ainda não há sinal.

Mas talvez esse lugar tenha um telefone fixo. Começamos a procurar.

Caminho pela cabana em ruínas e ainda não consigo me livrar da sensação de que alguém esteve aqui há bem pouco tempo. Aquele sanduíche. Alguém estava comendo aquele sanduíche. Não parece que ele está há meses em cima da mesa. Tem cara de ser fresco.

Verifico o conteúdo da geladeira. Não está lotada, mas está bem abastecida. Há pão e frios. E leite. Pego a caixa e vejo a data de validade. Vence daqui a três dias.

– Uma tomada de telefone! – grita Noah.

Corro até o local para onde ele está apontando. Só que não tem nada ligado na tomada. Nada de telefone.

– Bem, isso não ajuda em nada – resmunga Jack.

Por que a pessoa que mora aqui não tem telefone? Será que é uma espécie de ermitão? Também parece que a cabana não tem eletricidade. Jack diz que a geladeira funciona a gás, então tudo bem. Não preciso de eletricidade. Estou feliz com água potável e comida.

Como a busca por um telefone não deu em nada, decidimos comer e pensar em qual será o próximo passo. Noah prepara sanduíches para nós três, e é preciso toda a minha força de vontade para não devorar o meu em duas mordidas.

– Acho que deveríamos ficar aqui – diz Noah. – Temos comida e água potável. A irmã da Claire provavelmente já sabe que aconteceu alguma coisa, porque não entramos em contato para saber das crianças. Com certeza já tem alguém procurando a gente.

– Concordo – diz Jack.

– É... – Na teoria, concordo com eles. Não quero sair desta cabana e voltar lá para fora. Mas, ao mesmo tempo, algo neste lugar está me deixando muito desconfortável. – Mas e se a pessoa que está morando aqui voltar?

– Seria bom – responde Jack. – Ela deve ter um carro e talvez possa levar a gente até a pousada.

– Pois é... – Olho ao redor da cabana, que exala a presença de outra pessoa que esteve aqui há bem pouco tempo. – Mas o que aconteceu com a pessoa que tá morando aqui? Quer dizer, quem sai de casa e deixa um sanduíche pela metade na mesa?

Jack levanta a mão.

– Eu já fiz isso.

– Já?

Ele dá de ombros.

– Claro. Você faz um sanduíche. Depois se esquece dele quando recebe uma ligação. Aí você sai de casa com o sanduíche ainda na mesa.

Não me convenço com a resposta dele. Olho para Noah, que tem a mesma expressão inquieta que eu. Tem alguém morando aqui. Alguém saiu desta casa com bastante pressa. E eu gostaria de saber o que aconteceu com essa pessoa.

TRINTA E DOIS
CLAIRE

Mesmo sabendo que provavelmente não deveria, investigo o quarto. Ou melhor, vasculho as gavetas, procurando uma pista sobre quem mora aqui.

Não demora muito para descobrir que o ocupante é homem. Não há absolutamente nada de feminino nessa cabana rústica no meio do nada. O quarto tem uma cômoda de madeira crua, e abro a gaveta de cima. A primeira coisa que vejo é um exemplar robusto de capa dura da Bíblia. Pelo visto, uma pessoa religiosa mora aqui.

Coloco a Bíblia de lado e pego uma calça jeans. Eu a seguro contra o peito. Parece que o dono dessa calça é cerca de 30 centímetros mais alto do que eu e um pouco mais pesado. Não sinto a menor vontade de esbarrar com essa pessoa. Não quando estou invadindo a casa dela.

Tem uma mesinha de cabeceira ao lado da cama. Há um copo em cima dela com cerca de um dedo de água dentro. Imagino o homem grande e alto deitado na cama tomando um gole d'água antes de dormir. Talvez lendo a Bíblia.

Faz anos que não leio a Bíblia. Minha família sempre me obrigou a ir à igreja quando eu era criança, mas abandonei esse hábito depois de adulta. Noah também é cristão não praticante, que nunca pareceu muito interessado em religião. Mas há algo reconfortante em ter a Bíblia comigo no quarto.

Pego o exemplar de capa dura. É mais leve do que eu esperava. Fico me perguntando se há uma inscrição no interior que me diga o nome do dono. Viro a primeira página e fico boquiaberta.

A Bíblia foi escavada. Há um buraco com o formato de uma pequena arma. Só que está vazio.

Deixo a Bíblia cair, as mãos tremendo.

O que está acontecendo aqui? Onde está a arma que deve ficar guardada nesta Bíblia?

Noah entra correndo ao ouvir o som do livro batendo no chão. Os olhos castanho-claros estão arregalados e o cabelo parece ainda mais desgrenhado que o normal.

– O que aconteceu? Ouvi um barulho.

Eu me afasto da cômoda, de repente constrangida por ter bisbilhotado. Noah está olhando para mim com a cabeça inclinada para o lado, e sei que deveria contar a ele sobre a Bíblia. Mas, sei lá por quê, não faço isso.

– Tô bem – respondo.

Ele abafa um bocejo.

– Estava quase pegando no sono no sofá. Não é muito confortável, mas tô totalmente exausto.

Dormi muito mal ontem à noite, mas nunca estive tão acordada na vida.

– Talvez você devesse experimentar a cama.

– É. – Noah olha para a cama desfeita. – Fico mal por usar a cama do cara, mas... Bem, posso trocar os lençóis antes de irmos embora.

Assinto.

– Eu... acho que vou sair e tomar um pouco de ar fresco.

Ele franze a testa.

– Quer que eu vá com você?

Balanço a cabeça.

– Não, descansa um pouco. Só preciso espairecer.

Noah fica em silêncio por um momento, e fico pensando se ele vai insistir em vir comigo. Parte de mim espera que sim. Durante todo esse processo, ele tem sido acolhedor demais. Está o tempo todo dizendo que vai levar a gente para casa. Não parece nem um pouco assustado.

Mas, por fim, ele diz:

– Tudo bem, mas se você mudar de ideia, me acorda.

– Pode deixar. – Espio por cima do ombro dele em direção à sala de estar. – Aonde o Jack foi?

– Buscar lenha pra mais tarde. – Ele inclina a cabeça para o lado. – Por quê? Você precisa dele?

Será que estou imaginando coisas ou há um tom estranho na voz dele?

– Não, só tava curiosa.

Quando chego lá fora, o sol ainda está alto, o que significa que está quente. A lama nas minhas roupas secou, e meu short e a camiseta estão duros e desconfortáveis. Hoje à noite, vou lavar todas as minhas roupas na pia e pendurá-las para secar durante a madrugada. Seria bom ter outra muda de roupa, caso a gente precise fugir depressa, mas quero muito roupas limpas. Vale a pena correr o risco.

Eu me encosto na lateral da cabana, mas algo arranha minhas costas. Eu me viro e olho para a madeira da parede externa. Há cinco marcas de garras na madeira ressecada. As marcas são profundas o suficiente para que eu consiga enfiar metade do meu indicador dentro delas.

São parecidas com as que vi nas árvores na floresta.

Eu me viro de novo e esquadrinho a floresta ao redor. Parece escura e perigosa. Escuto por um minuto e não ouço nada. Não acredito que passamos dois dias perdidos lá dentro. Mas, dentro da cabana, estaremos seguros. A salvo de qualquer criatura que tenha arranhado a parede.

Penso no homem que mora aqui. Será que ele mesmo a construiu? Os móveis parecem feitos à mão. Imagino que seja um cara grande e corpulento com uma barba volumosa. O tipo de homem que guarda uma arma em uma Bíblia oca.

Mas a pergunta que não quer calar é: *onde ele está?*

As marcas de garras têm algo a ver com a ausência dele? Será que realmente estamos seguros dentro da cabana?

E cadê a arma?

Ao longe, ouço um som. Como um uivo. Não está perto, mas também não está muito longe. Dou um passo para trás e bato com as costas na parede da cabana. Olho para os galhos da árvore à minha frente.

Os galhos se mexeram? Tem alguém ali?

– Claire?

Quase pulo de susto. Aperto o peito, tentando recuperar o fôlego. É Jack. Está parado a alguns metros de mim, com a espingarda na mão. Agora que a recuperou, nunca mais vai soltá-la. Provavelmente vai dormir em cima dela.

– Oi – digo.

Quando ele se aproxima, noto como seu rosto está pálido. Ele lavou o sangue das mãos no riacho, mas ainda tem um pouco na calça jeans, o que deixa o tecido quase marrom. Ele encosta uma das mãos na parede da cabana para se apoiar.

– Preciso te mostrar uma coisa, Claire.

– O quê?

Ele apenas balança a cabeça.

– Vem comigo.

Hesito. Eu me lembro do que Noah disse ontem sobre Warner ter visto Jack e Michelle entrarem juntos na floresta. É óbvio que o dia ainda está claro, mas mesmo assim tenho um mau pressentimento. E ainda teve aquele som de uivo à distância. Talvez não seja seguro.

– Não é melhor o Noah vir também?

– Não. – Ele agarra meu braço com firmeza. – Vamos. Você precisa ver isso.

Fico desconfortável, mas, por outro lado, não acho que Jack queira me fazer mal. E tenho que admitir que estou curiosa para saber o que ele tanto quer me mostrar.

Eu o sigo, mas minhas dúvidas se multiplicam quando chegamos à entrada da floresta, seguindo por um caminho estreito e escuro. Há poucos minutos, eu estava jurando a mim mesma que nunca mais entraria ali. Não mudei de opinião. Durante todo o tempo em que estivemos na floresta, tive a horrível sensação de que havia algo nos caçando. E essa sensação ainda não desapareceu por completo.

– Jack...

– Por favor, Claire. – Ele vira os olhos vermelhos para mim. – Você precisa ver isso.

Sem esperar pela minha resposta, ele agarra meu braço outra vez e sai me arrastando. Estou prestes a protestar, mas então ele aponta algo que faz meu coração parar.

TRINTA E TRÊS
CLAIRE

É uma caminhonete. Uma caminhonete grande e verde, com a traseira bastante enferrujada e um grande amassado no para-lama esquerdo.

– Eu tinha certeza de que havia um veículo aqui perto em algum lugar. – Ele meneia a cabeça na direção da caminhonete. – Não demorei muito pra encontrar.

– Por que está estacionada aqui?

– Vamos lá. – Jack segura meu braço de novo. – Vou te mostrar.

Não sei se quero saber mais, mas acompanho Jack obedientemente até a caminhonete. Talvez essa seja uma maneira de sair daqui. Com um carro, podemos chegar à estrada principal, ou assim espero.

À medida que nos aproximamos, fica óbvio que a caminhonete está tão surrada quanto todo o restante da cabana. É claro que o grandalhão com a pistola da Bíblia é o proprietário. Mas por que ele abandonou a caminhonete no meio da floresta?

– Olha pela janela do motorista – diz Jack.

Chego mais perto, me apoiando na lateral da caminhonete para não perder o equilíbrio. Antes mesmo de alcançar a janela, percebo que não está vazia. Há um homem no banco do motorista. Um homem grande, com uma barba espessa e emaranhada e cabelos grisalhos. Dou mais um passo para a frente e vejo os olhos escuros e vazios do grandalhão.

E dou um grito.

– Shh! – sibila Jack. – Não faz barulho!

– Mas... – Ergo os olhos novamente e vejo o sangue no peito do homem. Ah, meu Deus. – Ele tá morto!

– Tá. – Jack solta um suspiro. – Eu encontrei ele assim. Acho que tem um ferimento de faca no peito dele.

Antes dessa semana, eu nunca havia nem chegado perto de uma pessoa morta, e agora esta é a segunda depois de Lindsay. Uma onda de náusea me atinge e, dessa vez, tenho comida na barriga. Preciso me esforçar para mantê-la no estômago. Eu me agarro à lateral da caminhonete, as pernas moles.

– Claire, você tá bem?

– Não! – Lágrimas brotam dos meus olhos. Como a minha vida se transformou nisso? Há uma semana, eu estava desfrutando de uma noite agradável com minha família na minha casa confortável. Agora estou no meio do nada, olhando para um cadáver. Tenho certeza de que nunca vou conseguir voltar para casa. – Não, eu *não* tô bem! Como...

A expressão de Jack é sombria.

– O sangue no peito dele tá seco – diz Jack. – Isso não foi agora.

Franzo a testa para ele.

– Peraí, você entrou na caminhonete?

– Eu tive que entrar. Queria ver se as chaves estavam lá dentro.

– E?

Ele balança a cabeça.

– Não consegui encontrar em lugar nenhum. Procurei até nos bolsos do cara.

Estou impressionada com a coragem dele. Ninguém seria capaz de me colocar dentro de uma caminhonete com um defunto, nem que me pagasse um milhão de dólares.

– Mas não faz tanto tempo assim que ele morreu. – Ele olha para trás, na direção da cabana. – Aquele sanduíche na mesa não estava apodrecendo nem nada.

As engrenagens giram na minha cabeça. O homem tem um ferimento de faca no peito. Isso significa que não foi o animal das garras que o matou. Quem o matou tinha polegares opositores capazes de segurar uma faca.

Ele foi morto por um ser humano.

– Você acha que... – Respiro fundo, mal conseguindo pronunciar as palavras. – Você acha que a pessoa que matou esse cara vai voltar?

– Bem – diz Jack, pensativo –, depende do motivo da morte, né?

Dou um passo para longe da caminhonete.

– A gente precisa contar pro Noah.

– Não! – O tom de Jack é incisivo. – Acho que não devemos contar isso pro Noah.

– Ué, mas por quê?

Ele fica inquieto, olhando para o chão.

– Você não acha que é tudo uma coincidência muito grande?

– Coincidência?

– Sua minivan – diz ele. – É praticamente nova. Por que daria defeito do nada?

Fico olhando para ele, piscando.

– A bateria morreu.

– Não entendo muito de carros, mas sei um *pouquinho*. – Ele ergue os olhos para me encarar fixamente. – A bateria do seu carro não parecia mais antiga do que todas as outras coisas sob o capô.

Eu bufo.

– Isso é ridículo.

– É mesmo? – Um músculo se contrai sob o olho dele. – Eu te falei que a minha bússola estava mostrando direções erradas. Achei que era culpa do Warner, mas verifiquei de novo depois que ele sumiu. Continuava errada.

– E daí?

– Você não percebe? – Ele baixa o tom de voz. – Só pode ter sido o Noah.

– O que você tá querendo dizer? – disparo do nada. – Tá me dizendo que o Noah arquitetou isso tudo? Essa é a coisa mais ridícula que eu já ouvi.

– Naquela primeira noite, quando a gente tava indo dormir, todos nós bebemos um pouco de água – diz Jack. – Só o Noah que foi "cavalheiro" e deixou a maior parte pra você, não foi?

Eu lembro como fiquei tocada quando ele quase não bebeu nada, embora tivesse presumido que ele sentia tanta sede quanto eu. Não percebi que Jack havia notado.

– Foi...

Ele morde o lábio.

– Naquele dia, achei que a água tava com um gosto estranho, de calcário. E agora tenho certeza disso. Alguém colocou alguma coisa naquela água.

Também senti um gosto estranho na água. Mas ainda assim.

– Isso é loucura.

– Ah, é? De que outro jeito todos nós teríamos dormido tão bem durante a noite?

Essa é uma boa observação. Fiquei surpresa por ter tido um sono tão pesado naquela noite, levando em consideração que estava deitada em uma cama de folhas. Mas foi *Jack* quem saiu com Michelle naquela noite, não Noah.

Claro, foi Noah que me disse isso...

– Talvez seja tudo um jogo pra ele – diz Jack. – Ele está torturando a gente enquanto se livra de um por um.

Fico olhando para Jack. Não importa o que ele diga, Noah jamais faria algo do tipo. Aquele homem é meu marido.

– Isso é loucura. Por que ele faria uma coisa dessas?

Jack baixa o tom de voz.

– Por *nossa* causa. Porque ele sabe o que tá acontecendo entre nós dois.

– Ele não sabe...

– Acho que sabe, sim.

Começo a protestar, mas então lembro que Lindsay disse a mesma coisa. Ela tinha certeza que ele sabia que Jack e eu estávamos tendo um caso.

– Mesmo assim, ele não faria *isso*. Ele simplesmente não faria!

– Eu conheço o Noah há mais tempo do que você, Claire. – Jack cruza os braços. – E acho que ele sem dúvida faria algo assim nas circunstâncias certas.

– Que bobagem!

Jack me encara por um momento, como se estivesse debatendo algo consigo mesmo.

– No primeiro ano de faculdade, o pai do Noah morreu. Eles eram muito chegados, e ele ficou péssimo.

– Eu sei.

– Você conhece a história – diz ele –, mas não sabe o que aconteceu. Ele passou meses andando por aí feito um zumbi. Sempre que eu perguntava qualquer coisa, ele me dava uma patada. Uma vez, peguei um pouco da água dele no nosso frigobar, e ele veio e me deu um soco na boca.

Roo a unha do polegar.

– Ele te deu um soco?

– Tô te falando, ele tava intragável. – Jack balança a cabeça. – E era assim que ele estava no começo da viagem. Claire, não sei do que ele é capaz nesse momento. Queria muito acreditar que ele não seria capaz de fazer algo assim, mas sei que não fui eu, e sei que não foi você, então...

– Essa é a coisa mais ridícula que eu já ouvi na minha vida. – A náusea é quase avassaladora. Preciso me sentar. – Jack, o Noah não é um assassino. Tenho certeza disso... Eu só... não quero continuar essa conversa com você. Eu... eu preciso ir...

Dou meia-volta e corro na direção da cabana antes que Jack possa dizer outra palavra. No fim, talvez eu tivesse razão sobre estarmos sendo caçados. Mas não era um animal que estava fazendo isso.

TRINTA E QUATRO
CLAIRE

Jack fica muito calado durante o jantar. E eu também.

Preparo mais alguns sanduíches. Há uma boa quantidade de comida na geladeira e os armários estão cheios de produtos enlatados. Vai ser mais do que suficiente para passarmos a semana, se demorar tanto tempo assim para alguém nos encontrar. Podemos sobreviver aqui por um mês ou mais, se for necessário. Caramba, provavelmente conseguimos sobreviver por um ano se não nos importarmos em comer muito feijão enlatado. E temos água ilimitada.

Dito isso, quero sair daqui o mais rápido possível. Inclusive estou com medo de passar a noite aqui.

– Melhor não acabarmos com toda a comida fresca – comenta Noah enquanto mastiga seu sanduíche. – Quer dizer, melhor deixar alguma coisa pra quando o cara que mora aqui voltar, não?

Jack e eu nos entreolhamos. *Está vendo? Se ele tivesse matado o cara da caminhonete, não diria algo assim.*

Ou diria?

– Pensei que eu e a Claire poderíamos dormir no quarto esta noite – diz Noah. – Você se importa de dormir no sofá, Jack?

– Não, tudo bem – murmura ele.

– Tem certeza? Só pensei nisso porque a cama é maior, então...

– Já falei que tudo bem! – esbraveja Jack. Quando Noah fica em silêncio, ele se levanta tão rápido que a cadeira quase cai. – Vou sair pra dar uma volta.

– Agora? – pergunto. – Mas tá escuro lá fora!

– É perfeitamente seguro lá fora – retruca Jack.

Não deixo de notar a ênfase nas palavras "lá fora".

Ele pega o moletom e a espingarda e sai sem dizer mais nada. Ouço o eco da porta batendo atrás dele.

Noah ergue as sobrancelhas para mim.

– O que deu nele?

– Ele só... – Hesito. Embora não acredite em uma palavra do que Jack disse sobre Noah, ainda não quero contar sobre o homem morto na caminhonete. – Acho que ele tá preocupado que ninguém esteja procurando por nós.

– Tenho certeza de que alguém está – diz Noah, confiante. – Aposto que amanhã a gente vai voltar pra casa.

– É. – Engulo um grande nó na garganta. Se ao menos isso fosse realmente verdade. – Tô com saudade das crianças.

– Eu também. – Noah tateia o bolso e puxa a carteira. – Nos últimos dias, toda vez que começo a ficar mal, olho pra essa foto.

Ele desliza a foto para mim. Está amassada, pois passou muito tempo dentro da carteira, mas a imagem ainda está nítida. É uma foto minha com Emma e Aidan no aniversário da Emma do ano passado. Ela estava sem os dois dentes da frente, e Aidan fazia chifrinho nela. Os dois estavam radiantes de felicidade. Olhar para essa foto me dá vontade de chorar.

– Não acredito que você anda com essa foto o tempo todo – consigo dizer.

Não me passa despercebido o fato de que há muitas fotos das crianças sem mim. Ele escolheu carregar uma em que eu apareço.

– Pois é – responde ele. – É a minha favorita.

Como Jack pode ter dito que Noah é responsável por todas as coisas ruins que aconteceram? Não é possível. Tudo o que ele quer é voltar para casa, para a família. Assim como eu.

– Enfim. – Noah puxa a gola da camisa. – Vou tentar lavar minhas roupas hoje à noite. Não aguento passar nem mais um dia com essa lama toda.

– Entendo – digo. Na cabana também há um chuveiro no qual eu gostaria de entrar, mas não consegui esquentar a água. Uma ducha fria não é muito convidativa. – Vou lavar as minhas, então posso lavar as suas também.

– Não precisa.

– Não me importo.

Ele dá um sorriso torto.

– Tá bem, então.

Vamos os dois para o quarto. Assim que a porta é fechada, tiro os tênis enlameados e depois as meias suadas e sujas. É muito bom mexer os dedos dos pés e sentir o ar fresco. Em seguida, tiro o short e a camiseta sujos. Mal posso esperar para lavar tudo.

Ergo os olhos e vejo que Noah fez o mesmo. Ele está só de cueca.

É engraçado. Todas as noites, há mais de uma década, nós nos despimos e fomos para a cama juntos. Mas esta noite é diferente. Quando olho para o peito nu de Noah, sinto algo por ele que não sentia há muito tempo. De alguma maneira, eu havia me esquecido de como ele era bonito sem camisa.

E quando encontro seus olhos, percebo que ele está olhando para mim da mesma forma.

– Oi – diz ele.

– Oi – respondo.

Ele sorri para mim, tímido.

– Eu já te disse como você fica sexy de calcinha e sutiã?

Sorrio de volta.

– Ultimamente, não...

– Bem... – Ele dá a volta na cama para se aproximar de mim. – Isso é um grande descuido da minha parte, e tenho que me desculpar por isso.

– Tá perdoado.

Ele está a menos de um metro de mim.

– Tô, é?

– Sem dúvida.

Ele desce os lábios até os meus bem devagar, e todo o meu corpo se arrepia como quando ele me beijou pela primeira vez, há tantos anos. Um segundo depois, ele está me puxando para a cama. Essa viagem está sendo uma das piores experiências da minha vida, mas talvez salve meu casamento.

Desde que a gente chegue vivo em casa.

TRINTA E CINCO
ANÔNIMO

Depois de terminar as primeiras provas na faculdade, voltei para casa de carro.

Foram três horas dirigindo, mas valeu a pena. Nunca me senti em casa na faculdade. Embora me desse bem com o meu colega de quarto, precisava de um tempo longe. Queria voltar para o meu quarto – não para aquele dormitório apertado com uma cama de solteiro dura. Além disso, queria ver meu pai.

Depois que minha mãe se matou, meu pai finalmente passou a ficar menos tempo na estrada. Ficou abalado com toda a situação. Não era mais o mesmo homem de antes. Ele se culpava, e a culpa o mantinha em casa. Não foi como eu gostaria, mas foi o que foi.

Ele me ajudou a levar as caixas de casa até o dormitório, embora eu tenha levantado grande parte do peso por causa da coluna ruim dele. E essa foi a última vez que o vi. Falávamos ao telefone uma vez por semana, mas eu me preocupava. Ele pareceu bem acabado quando se despediu de mim na entrada do dormitório. Não ia durar muito tempo. Não se alimentava direito e mal se exercitava. Até onde eu sabia, poderia ter um infarto antes mesmo de eu terminar a faculdade.

Foi por isso que peguei o carro e fui. Perguntei antes para ter certeza de que ele não estaria viajando a trabalho, mas não mencionei que estava indo.

Pensei que podíamos assistir a um filme juntos na televisão. Talvez tomar umas cervejas. Não, eu ainda não tinha idade para beber, mas ele não se incomodava com esse tipo de coisa.

Quando cheguei em casa, já estava escuro. Peguei trânsito e, quando começou a ficar tarde, parei em um fast-food. Quarterão com queijo. Batata frita. Milk-shake de chocolate. Minha mãe nunca me deixou comer fast-food, então eu vivia comendo. Mas a magreza continuava.

Estacionei na rua, pois o carro do meu pai estava na entrada da garagem e eu não queria bloqueá-lo. A casa também estava às escuras. Pelo visto, ele não estava, embora o carro estivesse lá.

Não importava. Desde que não estivesse viajando a trabalho, ele ia voltar. Provavelmente tinha saído para tomar uma cerveja com os amigos do trabalho e planejado pegar uma carona depois. Seria bom ter a casa só para mim por algumas horas.

Entrei e fui direto para o meu quarto no segundo andar. Tinha sido uma viagem longa, muito cansativa. Acendi as luzes e joguei a mochila com as roupas para o fim de semana na cama. Depois me deitei no colchão e fechei os olhos.

Devo ter adormecido, pois, quando dei por mim, ouvi a fechadura da porta de entrada girando. Bocejei e me sentei na cama, esfregando os olhos. Meu pai finalmente estava em casa; ouvi sua voz.

E outra voz conhecida.

Meu coração estava batendo acelerado. Eu me levantei da cama e fui até a porta, que estava entreaberta. Espiei o lado de fora, olhando para a escada que levava à porta de entrada da casa.

– Tem certeza de que não quer passar a noite aqui? – perguntou meu pai.

– Tenho sim, melhor não. Preciso acordar cedo amanhã.

– Talvez você devesse se mudar pra cá, então.

– Meu Deus, imagina o que as pessoas iam dizer!

– Faz quase dois anos que ela morreu, Jeannette. É tempo suficiente.

– Sei lá...

– Tudo bem. Vai pra casa. Deixa só eu me despedir primeiro.

Dei um passo para trás ao ver meu pai beijar a irmã da minha mãe.

Foi exatamente disso que minha mãe o acusou na noite em que se matou.

Ela disse que ele estava metido com a irmã dela. Gritava com ele que todas as viagens a trabalho eram apenas desculpas para traí-la. Na época, achei que ela estava louca. Que meu pai jamais faria algo assim.

Eu me enganei.

Ele beijava tia Jeanette tão profundamente que era provável que pudesse sentir o gosto do café da manhã que ela comeu. Não fazia ideia de que eu estava vendo tudo. Aquele era o grande segredo dele.

Ele torturava minha mãe. Ela já era louca, mas ele piorava as coisas. Ela vivia paranoica com a possibilidade de perdê-lo, e agora eu conseguia ver o porquê. E ele não se importava que ela descontasse em mim. Simplesmente deixava tudo aquilo acontecer. Sua vida secreta era muito importante para ele.

Ele deu boa-noite a Jeannette, e ela partiu em seu Toyota branco. Eu não disse uma palavra. Não teria conseguido, mesmo que quisesse. Eu me sentia muito mal para falar.

Fiquei no segundo andar enquanto meu pai entrava na cozinha. Pude ouvir enquanto ele se servia de uma bebida. Ligou a TV no telejornal e ficou assistindo por um tempo. Eu identificava vagamente o que os apresentadores diziam. Uma criança havia desaparecido de um parquinho no centro da cidade. As eleições municipais seriam realizadas naquela semana. A previsão era de chuva para o dia seguinte.

Quase uma hora depois, ele finalmente começou a subir os degraus. Eu não havia me mexido durante todo esse tempo. Foi só quando ele chegou ao topo que me viu ali.

– Meu Deus! – Ele apertou o peito. – Eu não tinha visto você aí. Que diabos você tá fazendo aqui?

– Você estava beijando a tia Jeanette – falei.

Ele limpou as mãos na calça, deixando duas manchas úmidas.

– Você viu?

Assenti.

Ele se mexeu, inquieto.

– Olha...

– Olha, nada.

– Me ouve, eu sinto muito. – Ele franziu a testa. – É complicado. Eu queria muito que você conseguisse entender.

– Complicado? – repeti. – O que tem de tão complicado? Eu precisava de você quando era criança, e você estava por aí se metendo com outras mulheres. A irmã da minha mãe, pelo amor de Deus. Não é de se admirar que ela tenha ficado louca.

– Ah, você acha que foi tudo culpa minha? – Ele cruzou os braços. – É melhor você assumir seu papel nisso tudo. Metade das discussões que tivemos foi por sua causa. E do seu comportamento. Você acha que era fácil criar uma criança como você? Sempre se metendo em brigas. Tivemos que nos mudar depois que você arrancou o olho daquele garoto, McCormick.

Engoli em seco, me lembrando do dia em que Bryan McCormick me provocou por causa da cabeça raspada e dos piolhos. Eu estava com tanta raiva... Quis machucá-lo. Muito mesmo.

– Aquilo foi um acidente.

– Mentira sua. – Ele zombou de mim. – Aquele coitado perdeu o olho por sua causa. Aquilo não foi um acidente.

Mordi a parte interna da bochecha até sentir gosto de sangue. Aquilo me fez lembrar do sangue que escorreu pela bochecha esquerda de Bryan enquanto ele gritava.

– Ele mereceu.

– Eles sempre merecem, né? – Ele bufou. – Acho que a Floquinha também mereceu o que você fez com ela.

Senti um gosto amargo na boca quando me lembrei da gata branca que minha mãe tanto amava. Aquela que ela amava mais do que a mim. Jamais vou esquecer a expressão da minha mãe quando descobriu o que eu havia feito com aquela gata. Toda a cor das bochechas dela se esvaiu, e ela cobriu a boca com a mão, enquanto as pernas cediam. Não consegui reprimir um sorriso, nem quando ela me deu um tapa com força suficiente para deixar uma marca.

Floquinha estava enterrada no quintal. Minha mãe, no cemitério local. E o olho de Bryan McCormick já não existia havia muito tempo.

– Eu e a sua mãe não tínhamos ideia do que fazer com você – grunhiu ele. – A gente morria de medo. Por que você acha que eu tranquei minha espingarda e nunca mais deixei você chegar perto dela? Eu achava que você mataria todos nós enquanto estivéssemos dormindo.

– Eu não faria isso.

– Não faria, é? – Ele contraiu a mandíbula. – Sua mãe morreu com você bem aqui, em casa, no quarto ao lado. Você acha que eu não sei que você teve algo a ver com isso?

Meu rosto ardeu. Ele tinha chegado perto demais de acertar em cheio.

– Retira o que você disse.

– Não vou retirar o que eu disse. É a verdade.

Eu o imaginei ligando para a polícia. Contando a eles o que sabia. Imaginei algemas sendo colocadas nos meus pulsos.

Cerrei os dentes.

– Retira. O que. Você. Disse.

Ele cruzou os braços.

– Acho melhor você ir embora. Não vou chamar a polícia, mas quero que saia daqui. Pra sempre. Não quero ver você de novo.

A raiva que senti foi mais forte do que qualquer outra coisa que já tivesse sentido. Pior do que quando arranquei o olho de Bryan McCormick. Senti que não tinha controle sobre meus próprios punhos. Estendi a mão e empurrei meu pai o mais forte que consegui.

Em outras circunstâncias, meu pai teria caído e talvez machucado o quadril. Mas ele estava de pé na beira da escada. Meu empurrão o desequilibrou. Ele agitou os braços por um momento, depois caiu.

Quando chegou no final da escada, ouvi um baque nauseante.

Desci correndo os degraus. Meu pai estava deitado ao pé da escada, de bruços, com a cabeça em um ângulo estranho. Observei enquanto uma poça de sangue crescia devagar debaixo dele. Fiquei ali por um momento, olhando para o corpo dele.

Minha mente ficou a mil. Se eu chamasse a polícia, quais seriam as chances de eles acreditarem que foi um acidente? Principalmente quando minha mãe morreu na mesma casa apenas dois anos antes?

Por outro lado, ninguém sabia que eu estava lá. Meu carro estava estacionado do lado de fora havia apenas duas horas e estava escuro. Se eu saísse de carro, será que alguém questionaria minha história? Afinal, pessoas idosas caem da escada às vezes. Acidentes acontecem.

Dei uma última olhada no meu pai. Eu estava com muita raiva dele um minuto antes, mas naquele momento sentia apenas torpor. Sim, ele havia feito algo terrível. Mas pagou o preço.

Deixei a luz acesa quando saí pela porta da frente e a tranquei.

TRINTA E SEIS
CLAIRE

Há muito tempo não era tão bom. Não desde que nos casamos. Não com o Jack. Talvez *nunca*. Há algo em quase morrer que leva a um sexo realmente fantástico.

Quando acaba, deitamos um ao lado do outro na cama, meu corpo suado sobre o dele. Sinto sua mão tirar uma mecha de cabelo do meu rosto.

– Eu te amo tanto, Claire – diz ele.

– Eu também te amo. – Há uma semana, eu achava que não tinha nenhuma chance de dizer essas palavras a ele de novo. Mas nesse momento é a pura verdade. Eu amo Noah. – Muito.

Ele me aperta com mais força.

– Sei que as coisas têm sido difíceis entre nós dois ultimamente, e sinto muito.

– A culpa não é só sua...

– Mesmo assim. – Ele me agarra outra vez e dá um beijo na minha cabeça. – Quero voltar a ser como éramos antes.

– Eu também.

Era só isso que eu queria ouvir dele. Estávamos juntos por causa das crianças, mas eu odiava essa ideia. Queria ser feliz com ele outra vez.

Só que não dá para voltar a ser como era. Não mesmo. Fiz algo terrível com ele. Eu o traí com seu melhor amigo. Como podemos seguir em frente com esse segredo tenebroso? A culpa vai me comer viva.

Mas, se eu contar a ele, talvez ele nunca me perdoe.

Não sei o que fazer, mas sinto que não podemos seguir em frente com uma mentira entre nós.

– Noah. – Respiro fundo, tentando estabilizar minha voz. – Tem uma coisa que eu preciso te contar.

– É? – Ele franze a testa. – O quê?

– É... uma coisa muito ruim...

– Claire, você tá me assustando... – Ele se afasta para olhar para mim. – O que houve?

Então me ocorre que talvez eu devesse ter esperado até chegarmos em casa para lhe contar isso. Mas agora é tarde demais.

– É que... – Mordo a parte interna da bochecha. Com força. – Nos últimos meses, eu e o Jack... bem, nós...

– Ah. – Noah solta um suspiro. – Eu sei.

– Como é que é? – Eu me sento na cama, apertando os cobertores contra o peito. – Você sabe que eu e o Jack...

Ele levanta a mão.

– Não precisa falar. Sim, eu sei.

– Mas... há quanto tempo?

– Há um tempo. Vocês não foram exatamente discretos.

Fico olhando para ele, tentando interpretar a expressão em seu rosto. Lindsay e Jack tentaram me convencer de que ele sabia, mas não acreditei. Eles tinham razão.

– Olha. – Ele se senta no colchão, que range. – O que você fez... foi péssimo. Mas em parte a culpa foi minha. Nosso casamento estava um desastre. A verdade é que eu também...

Fico ofegante.

– Você teve um caso?

– Não. *Não*. Mas... – Ele pega um fio solto da fronha do travesseiro. – Bem, já que estamos sendo honestos, teve... uma mulher. E... não aconteceu nada. Não exatamente. Mas...

– Mas?

Ele abaixa a cabeça.

– A gente se beijou. – Ele acrescenta depressa: – E foi só isso. Não aconteceu mais nada. Eu me afastei. É só que... – Ele suspira. – Eu tava com raiva de você. Queria me vingar. Mas a única coisa em que conseguia pensar quando estava acontecendo era que ela não era você. E... eu queria fazer o que fosse preciso pra ter você de volta. *Qualquer coisa.*

Meu coração está batendo forte no peito. Não acredito que Noah tenha beijado outra mulher. Parte de mim o odeia por isso, mas eu fiz algo muito pior; é quase um alívio saber que ele também teve um momento de fraqueza.

– Eu esperava que essa viagem fosse uma boa oportunidade pra gente se reconectar. – Ele estremece. – Mas quando você disse que tinha reservado quartos separados pra nós dois, eu pensei que, bom, tinha acabado.

Baixei os olhos.

– Eu também achei.

Ele pega a minha mão.

– Sei que é ridículo, mas mesmo quando ainda estávamos na faculdade, sempre imaginava nós dois envelhecendo juntos. Eu sabia que você era a pessoa certa. Tinha *muita* certeza. Quando pensei que tudo tinha acabado, eu simplesmente... Foi como se meu futuro tivesse desaparecido.

Aperto a mão dele.

– Eu sei.

Volto a cair em seus braços. Eu me sinto esgotada depois que finalmente me livro da culpa que carreguei nos últimos meses. Noah sabe o que aconteceu e me perdoa. Logo vamos voltar para casa juntos e recomeçar nossa vida. Não vamos brigar o tempo todo como fazíamos antes. Vamos envelhecer juntos, como planejamos.

Tudo vai ficar bem.

TRINTA E SETE
CLAIRE

Noah adormece, mas estou tendo mais dificuldade para pegar no sono. Faria sentido que, depois de ter dormido mal nas últimas duas noites deitada no chão, eu dormisse instantaneamente em uma cama de verdade. Mas, por algum motivo, não é o que acontece.

Depois de uma hora tentando, eu me solto do abraço de Noah e me levanto da cama. Não chegamos a lavar nossas roupas, então é melhor eu fazer isso agora.

Pego minha camiseta, o short e as meias do chão, e depois a calça jeans de Noah. Mas, quando estou catando a peça do chão, algo cai do bolso. Algo vermelho.

Eu me abaixo para ver o que é. Meus dedos se fecham em torno de algo gelado e metálico.

Um canivete suíço.

Por que Noah tem um canivete suíço? Em momento algum ele mencionou que estava carregando um canivete. Parece o tipo de coisa que alguém comentaria em algum momento. Tipo, ei, não só estou feliz em vê-lo, como tenho um canivete no bolso.

Não consigo deixar de pensar na perfuração no peito do homem da caminhonete.

Mas não pode ter sido Noah. Ele estava com a gente o tempo todo.

A menos que tenha saído de fininho enquanto estávamos dormindo...
Não. Ele não fez isso. Seria demais.

Se bem que a distância entre a cabana e o nosso acampamento não era tão grande quanto eu imaginava. Quando começamos a caminhar na direção norte, chegamos à cabana bem rápido. Se ele soubesse para onde estava indo e caminhasse depressa, poderia ter chegado facilmente à cabana, matado o cara e voltado para o acampamento.

Mas *por quê*?

Não podia ser por causa de mim e Jack. Contei a ele a respeito, e ele não ficou irritado. Quer dizer, também não ficou *entusiasmado*. Mas não parecia estar morto de ciúmes.

Olho para Noah dormindo na cama. Seus lábios estão ligeiramente entreabertos e ele ronca de leve. Eu o conheço há quase metade da minha vida. Estou casada com ele há uma década. Ele não faria algo assim. Eu sei disso.

Coloco as roupas no pé da cama. Pego o canivete suíço e fico olhando para ele. Puxo a lâmina até que se abra. Passo o dedo pelo metal, verificando se há vestígios de sangue.

Está limpo.

Solto um suspiro. Estou deixando minha imaginação correr solta. Noah é meu marido. Eu *sei* quem ele é. Ele jamais faria as coisas de que Jack o acusou.

Mas, antes de sair do quarto com a pilha de roupas, coloco o canivete suíço em uma das gavetas da cômoda e o cubro com roupas.

Assim que fecho a porta do quarto, a porta da frente da cabana se abre. Agarro o monte de roupas contra o peito quando Jack entra. Ele ergue os olhos e me vê de calcinha e sutiã, e faço o possível para me tapar.

– Não é nada que eu não tenha visto antes – diz ele.

Meu rosto arde.

– Mesmo assim.

Ele dá de ombros.

– Tá...

– Você... – Eu tusso. – Quer que eu lave as suas roupas também?

– Não, tudo bem. – Jack se joga no sofá. – Quero poder fugir rápido daqui se precisar.

Quero dizer que ele está sendo tolo, mas é difícil afirmar isso com convicção quando há um homem morto a uma curta distância da cabana.

– Escuta, Claire. – Jack olha para mim com seus olhos castanhos de cachorrinho pelos quais eu acreditava ter me apaixonado. – Se acontecer alguma coisa, grita o mais alto que puder. Eu vou te ajudar.

– Não vai acontecer nada – murmuro.

Jack coloca a espingarda ao lado dele no sofá.

– Aham.

TRINTA E OITO
CLAIRE

De alguma forma, é ainda mais estranho acordar na cabana.

Porque na floresta estávamos muito longe de casa, mas aqui estou em um quarto, deitada ao lado de Noah. Estou até no mesmo lado da cama em que durmo em casa. Mas não estou na minha própria casa. Estou na casa de um desconhecido. A casa de um desconhecido morto.

Além disso, os braços de Noah estão em volta do meu corpo, o esquerdo apoiado de forma protetora. Fazia muito tempo que não dormíamos desse jeito. De conchinha.

Nossas roupas estão penduradas na cômoda. Meu short e minha camiseta já parecem secos. Eu me desvencilho com cuidado dos braços de Noah e vou até a cômoda para verificar. Minha camiseta está dura, mas seca.

Eu me visto e faço o possível para pentear o cabelo com os dedos e depois faço um rabo de cavalo. Coloco as meias limpas e em seguida os tênis sujos. A última coisa que faço é procurar o canivete de Noah na gaveta. Não que eu vá usá-lo, mas me sentiria mais segura com ele.

Mas, quando mexo no local onde o deixei, o canivete não está mais lá.

Noah ainda está roncando suavemente na cama. Será que ele pegou o canivete de volta? Se sim, por quê? Ou outra pessoa entrou no quarto e o pegou enquanto nós dormíamos?

Olho para a porta. Será que eu teria ouvido se alguém tivesse entrado durante a noite?

Não, estou ficando paranoica. Ninguém entrou no quarto enquanto estávamos dormindo. Noah deve ter encontrado o canivete e guardado em um local seguro. Assim que ele acordar, vou perguntar a respeito. Mas não vou acordá-lo agora. Vou deixá-lo dormir até mais tarde. Estou com inveja, queria muito que meus pensamentos não estivessem a mil. Talvez eu conseguisse dormir mais.

Aposto que Jack está acordado.

Abro a porta do quarto com cuidado, tentando não fazer tanto barulho. Meus tênis tocam o chão de leve. Quando fecho a porta, meus olhos vão direto para o sofá onde Jack passou a noite.

Ele não está lá.

– Jack? – chamo.

Como era de se esperar, não há resposta. Se ele estivesse neste pequeno espaço, eu o veria.

Vou até o sofá. Os sapatos e as meias dele desapareceram. A espingarda também. Talvez ele tenha saído para dar uma volta de novo.

Mas, não sei por quê, acho que não é o caso.

Corro de volta para o quarto, sem me preocupar em fazer silêncio dessa vez. Sacudo Noah para acordá-lo. Ele boceja, esfregando os olhos com as mãos.

– Claire, o que houve?

– O Jack sumiu! – Meus dedos estão formigando. Talvez eu esteja hiperventilando. – Não sei cadê ele!

– Fica calma. – Ele se senta na cama e esfrega os olhos outra vez. – Ele deve ter ido dar outra volta.

– Acho que não. – Esfrego as mãos. – Foi do mesmo jeito que aconteceu com a Michelle. E depois com o Warner. A gente acordou e eles simplesmente... tinham sumido.

Noah parece não estar levando muito a sério. Ele balança as pernas na beirada da cama, mas não faz nenhum movimento para se levantar e se vestir.

– Mas agora é diferente. Estamos numa cabana. Nenhum animal selvagem entrou aqui e atacou ele.

– Foi do mesmo jeito que aconteceu nas duas últimas noites – repito.

Éramos seis pessoas quando começamos. E, um a um, cada um de nós desapareceu. Agora somos apenas eu e Noah.

Uma voz na minha cabeça me diz que devo ser a próxima. Que eu deveria fugir enquanto ainda posso. Mas para onde poderia ir? E, além do mais, se Noah e eu somos os únicos que restaram, isso significa que *ele* deve ser o responsável pelo desaparecimento das outras pessoas. E sei que não é o caso.

Noah finalmente se arrasta para fora da cama e veste as roupas tão devagar que tenho vontade de sacudi-lo. Passamos pelo banheiro, mas ele não parece impressionado quando aponto para o sofá.

– Não sei o que dizer. – Ele coça a cabeça, o cabelo bagunçado. – Você quer ir lá fora procurar ele?

– Quero.

Talvez Noah esteja certo. Talvez Jack tenha saído para dar uma volta. Talvez a gente saia e o encontre vivo e bem, e então vou admitir que estava me exaltando por nada. Espero que sim, pelo menos.

Noah vai até a cozinha para se servir de um copo de água, mas estou ansiosa demais.

Vou até a porta da frente e a abro. E é aí que vejo. Sangue. Por toda a soleira da entrada da cabana. Muito sangue. Muito, muito sangue.

– Claire?

Tento responder, mas minha voz sai abafada.

Éramos seis no começo. Agora somos apenas dois. E não fui eu que fiz isso.

– Claire?

Eu me viro para encarar meu marido. Noah toma um longo gole do copo e o apoia na mesa da cozinha. Ele se aproxima de mim, e dou um passo para trás.

– Claire – repete ele. – O que foi?

– Tem... – Mal consigo pronunciar a palavra. – Tem sangue...

– Sangue? – A voz dele soa monótona, desinteressada. – O que você tá tentando dizer?

– No... chão todo na frente da cabana.

– No chão todo? – Os olhos castanho-claros dele ficam sombrios. – Como assim?

Há algo muito estranho no rosto de Noah. Ah, meu Deus. Como não notei isso antes? Jack tinha razão. Noah sabia do meu caso e nunca me perdoou por isso. Sou muito burra.

Ele planejou tudo isso. É uma vingança dele. Ele armou uma cilada. Está nos matando um por um.

E agora sou a última que resta.

Preciso fugir. Mas para onde? Não tenho nada além das roupas que estou vestindo. Sem comida, sem água. Não tenho nem mesmo minha bolsa com meu celular. Se eu fugir dele, quais são as chances de encontrar ajuda a tempo? Se eu sair desta cabana, com certeza vou morrer.

Noah dá mais um passo na minha direção.

– Claire...

Mas, se eu ficar, com certeza vou morrer.

Olho ao redor. A porta está aberta atrás de mim. É minha única chance.

Saio correndo o mais rápido que consigo. No começo, não tenho certeza de qual caminho seguir, mas depois me lembro da caminhonete. Parecia haver uma trilha na frente dela. Talvez leve a algum lugar. É a única chance que tenho.

Corro o mais depressa que consigo. Estou vagamente ciente de que pisei em um galho e de que dei um jeito no meu tornozelo direito, mas ignoro a dor. Tenho que sair daqui.

Ao me aproximar da caminhonete, percebo que há outra pessoa sentada dentro dela. É Jack, ao lado do morto. Quase choro de alívio. Talvez ele esteja tentando fazer uma ligação direta. Talvez Noah não tenha tido chance de chegar até ele, no fim das contas.

Vou me apoiando na lateral da caminhonete, tentando manter o equilíbrio, e me arrepio com a dor no tornozelo direito. Jack vai saber o que fazer. Ele tem sido meu porto seguro nos últimos meses. Vai tirar a gente daqui. Ainda bem que tenho Jack.

– Jack! – grito.

Com a mão direita, abro a porta do lado do passageiro. Demoro uma fração de segundo para perceber que Jack não está tentando fazer uma ligação direta na caminhonete.

Ele não está tentando fazer nada. Está apenas sentado no banco do passageiro, com um buraco de bala na testa.

É impossível que um animal tenha feito *isso*.

– Não... – Cubro a boca com a mão e me afasto da caminhonete. – Não... Não, não, não, não, não...

É tarde demais.

– Claire, sai de perto da caminhonete, por favor.

Estou apenas vagamente consciente da voz inexpressiva que me dá instruções. A única coisa em que consigo pensar é que o homem que eu amava me traiu. Nunca mais verei meus filhos. Vou morrer aqui na floresta.

– Claire...

Eu me viro devagar, esperando ver Noah com a arma perdida apontada para mim. Ou talvez a espingarda de Jack. Mas não é Noah.

É Warner.

Ele está com a espingarda de Jack apontada para mim. Seus olhos azuis estão sombrios e ameaçadores.

Não é o tipo de pessoa a quem se diz não.

– Você poderia, por favor, levantar as mãos, Claire? – pede Warner. – Caso contrário, vai acabar como o seu amigo aí.

Minha cabeça está girando. Por que *Warner* está aqui? Ele tinha desaparecido. Havia todo aquele sangue. Todos nós tínhamos certeza de que ele estava morto.

Mas, é claro, em momento algum vimos o cadáver dele. Apenas presumimos.

– Você... Você fez tudo isso – consigo dizer.

Um sorriso arrepiante aparece nos lábios de Warner.

– Bem, não posso ficar com o crédito só pra mim.

É aí que tudo se encaixa. Noah queria se vingar de mim, mas não podia fazer isso sozinho. Precisava de um parceiro. Alguém para se esgueirar durante a noite e matar o homem na cabana enquanto ele fingia estar dormindo profundamente ao meu lado.

Mas como Noah conheceu Warner?

A menos que ele tenha armado tudo desde o início. Proporcionou à coitada da Lindsay o namorado perfeito que sabia que ela estava buscando, permitindo que esse belo homem se infiltrasse em nossa vida. Ele até sabia qual tinha que ser o signo de Warner. Foi fácil demais.

– Vamos voltar pra cabana – diz Warner calmamente.

Ele aponta a espingarda para mim, e tenho todos os motivos para acreditar que vai atirar se eu não obedecer. Meu tornozelo grita de dor, mas me esforço para voltar à cabana, onde Noah me aguarda.

Fico imaginando qual é o plano deles. Parece que todos os outros foram simplesmente assassinados, mas eles têm outras ideias para mim. Tortura. Por mais horrível que pareça, não o julgo por completo. Fiz algo terrível com Noah. Isso o fez entrar em colapso, como quando o pai dele morreu.

Meu Deus, como eu gostaria de ainda estar com o canivete de Noah. Se ao menos eu o tivesse guardado comigo...

A porta da cabana ainda está aberta. Ainda estou com as mãos erguidas quando Warner me conduz para dentro. A primeira coisa que vejo quando entro na sala de estar é Noah. Esperava que ele estivesse com uma arma na mão, apontada para mim. Mas, em vez disso, está sentado no sofá, de cabeça baixa e as mãos erguidas como as minhas.

Porque outra pessoa está apontando uma arma para sua cabeça.

Ai, meu Deus.

TRINTA E NOVE
ANÔNIMO

A primeira coisa que Claire Jennings fez quando nos conhecemos foi me abraçar.

– Que bom finalmente te conhecer, Lindsay! – exclamou ela.

Fiquei ali parada, dura, aceitando seu abraço não solicitado.

– É um prazer te conhecer também.

Claire gostava muito de abraçar. Essa foi uma das coisas que aprendi a respeito dela durante nossos quatro anos como colegas de quarto. Ela abraça quando conhece a pessoa. Abraça depois de alguns dias longe. Às vezes, ela só abraça porque quer.

Ela era extrovertida, calorosa e doce de um jeito que eu jamais tinha visto. Foi minha primeira amiga de verdade. Ela me amava de uma forma que meus pais nunca me amaram. Ela me achava uma boa pessoa. Ríamos juntas todos os dias. Eu nunca tinha sido tão feliz como quando morava com a Claire. Teria feito qualquer coisa pela minha melhor amiga.

Nunca contei a ela a verdadeira história da minha infância. Inventei uma versão mais feliz da verdade. Não havia motivo para ela imaginar que eu estava mentindo. Ela achava que eu era igualzinha a ela. Ou, se suspeitava de algo diferente, não deixava transparecer.

No segundo ano, Claire começou a namorar um rapaz chamado Ted. Nunca gostei muito dele; não gostava do jeito que ele me olhava nem de seus comentários sugestivos. Minhas suspeitas foram confirmadas mais tarde quando Claire o pegou traindo ela com outra garota. Não só outra garota, mas uma amiga dela. Ela ficou arrasada. Passou horas chorando, mas fiz o que pude para animá-la.

Não planejei o que aconteceu com o Ted. Não exatamente.

Quando nos encontramos no verão, ele nem se deu conta de que eu era a colega de quarto da Claire. Era supervisor em uma espécie de acampamento e deu em cima de mim sem o menor pudor, embora Claire tivesse me enviado um e-mail uma semana antes dizendo que achava que talvez eles fossem reatar.

Não me surpreendeu que Ted estivesse interessado em mim. Eu era muito atraente. Os quilos que ganhei no começo da faculdade me ajudaram muito. Comecei a me vestir com roupas mais estilosas do que as roupas de moleca que meus pais me compravam porque sempre quiseram um menino. Também consegui finalmente deixar meu cabelo crescer. Era incrível ter um cabelo longo e sedoso em vez do corte tão curto que minha mãe sempre fazia no banheiro do segundo andar. Finalmente, eu tinha seios. Ted não conseguia tirar suas patas sebosas de cima de mim.

Aceitei seu convite para ir ao lago naquela noite em um dos barcos a remo que ele ia "pegar emprestado" do acampamento. Tinha que ser segredo, porque ele poderia ter problemas por pegar o barco. Ninguém sabia que estávamos dando aquela escapada juntos; eu com certeza nunca contei a Claire.

Ted não voltou do lago naquela noite.

Claire ficou triste com a morte prematura de Ted, mas seguiu em frente. Começou a namorar Noah Matchett, o rapaz que morava no quarto ao lado do nosso. Só de conversar com ele, já dava para perceber que era um cara legal. Ele a trataria bem. E, como era de se esperar, os dois se casaram logo depois que a gente se formou. E ele era um ótimo marido.

Nunca conheci ninguém como Noah. Todos os rapazes (e mais tarde, homens) com quem saí eram como meu pai. Bonitos demais, charmosos demais e incapazes de manter as calças fechadas. Mas eu já esperava por isso; nunca chorava quando meus namorados acabavam fazendo o que o tempo todo eu sabia que fariam.

Minhas amigas não eram tão sagazes quanto eu. Eu lembro que, no ano seguinte à formatura na faculdade, minha amiga Daphne me procurou chorando, dizendo que havia flagrado o namorado na cama com outra mulher quando ela chegou em casa mais cedo do trabalho. Ela estava arrasada. Durante meses, mal conseguiu sair da cama. Foi um alívio quando seu namorado morreu em um atropelamento pouco tempo depois. O motorista fugiu.

Descobri que, quando se é uma mulher bonita, é muito fácil conseguir que um mecânico substitua seu para-choque dianteiro amassado sem fazer muitas perguntas.

Houve outros. Não preciso entrar em detalhes. Mas, acredite em mim, cada um deles mereceu. Da mesma forma que meus pais mereceram.

Claire continuou sendo minha melhor amiga durante todos esses anos e nunca soube da verdade. Se não fosse por mim, poderia ter reatado com Ted. Nunca teria conhecido o amor da vida dela. Houve momentos em que eu quis muito contar, mas não sabia se ela entenderia. Eu não queria que ela me olhasse da mesma forma que meus pais me olhavam.

Então, um dia, tudo mudou.

Tudo começou de forma inocente, juro. Eu tinha pegado emprestado um par de brincos da Claire e fui até a casa dela para devolver. Apareci em um horário em que achei que ela já teria voltado do trabalho, mas o carro dela não estava na garagem. Eu deveria ter virado as costas e ido para casa. Se tivesse feito isso, talvez tudo tivesse sido diferente. Mas achei que poderia deixar os brincos, uma vez que já estava lá. Afinal, era o par favorito da Claire. Ela sempre foi muito generosa com seus pertences. Essa era uma das muitas coisas que eu amava nela.

Toquei a campainha da bela casa branca dos Matchetts e esperei. Noah finalmente apareceu na porta, vestindo jeans e camiseta, a barba começando a despontar. Ele parecia um pouco sem graça.

– A Claire não está – disse ele.

– Ah, não tem problema. – Sorri, me desculpando. – Só queria devolver uns brincos que peguei emprestados.

Noah pegou o saquinho com os brincos. Parecia estar prestes a fechar a porta, mas depois hesitou.

– A Claire deve estar chegando. Não quer esperar?

– Ah. – Eu não via Claire havia algumas semanas e estava mesmo querendo conversar um pouco com ela. – Claro.

O banheiro dos Matchetts era como o resto da casa. Limpo e acolhedor, com toalhas de rosto azuis. Eu adorava o banheiro deles. Depois de lavar as mãos, fiquei parada por um momento no meio do cômodo, inspirando o aroma do sabonete de maçã que estava acabando.

Quando saí do banheiro, Noah estava voltando do porão.

– Falei pra Claire que passaria a roupa da máquina de lavar pra secadora. Ela vai me matar se eu não fizer isso.

Claire andava reclamando muito que Noah relutava em fazer as tarefas de casa. Ela disse que tudo o que ela pedia para ele fazer virava uma discussão. Eu tentava ficar de fora disso. Achava que eles acabariam superando os problemas. Noah e Claire se amavam. Eles não eram nada parecidos com meus pais.

– Quer beber alguma coisa? – perguntou Noah.

Eu me sentei em uma das banquetas diante da bancada da cozinha.

– Pode ser. O que você tem aí?

Ele foi até a geladeira e examinou o que tinha dentro.

– Humm... quer achocolatado? Leite? Suco de laranja? – Ele olhou para cima e deu um sorriso torto. – Tem cerveja também.

– Cerveja?

Ele deu de ombros, encabulado.

– Claro – respondi. – Por que não?

Ele tirou duas garrafas de Bud Light da geladeira. Entregou uma para mim e ficou com a outra.

Eu não sabia no que aquelas duas cervejas dariam. E não sabia que a Claire não chegaria em casa tão cedo. Juro que não fui à casa dela com a intenção de beijar o seu marido. Mas, de alguma maneira, durante o tempo em que estávamos conversando, percebi que ele estava me olhando daquele jeito. Muitos homens já haviam me olhado daquele jeito, mas ao longo de todo o tempo que o conhecia, Noah Matchett nunca havia me olhado assim. Nem sequer uma vez. Eu achava que ele era imune aos meus encantos. Mas, pelo visto, não.

E antes que eu me desse conta, os lábios dele estavam nos meus.

Eu gostei. Por uma fração de segundo. Fazia mais de um ano que eu não beijava um homem; em algum momento, havia me cansado de encontros e desistido deles. Foi uma sensação agradável. Estarei mentindo se disser que ele não beijava bem.

Tenho vergonha de admitir que foi Noah quem se afastou primeiro. Seu rosto estava vermelho e ele tinha uma expressão de pânico nos olhos.

– Desculpa. – Ele se levantou da banqueta tão de repente que quase tropeçou nela. – Isso foi um erro. Não posso trair a Claire.

Minhas bochechas arderam de vergonha.

– Foi você quem me beijou.

– Eu sei, eu sei... – Ele passou a mão trêmula pelo cabelo. – Eu só fiz isso porque... olha, não importa. Foi um erro. É melhor... é melhor você ir embora.

Saí de lá o mais depressa que pude. Mas, antes de chegar em casa, passei uma hora sentada no carro, odiando a mim mesma. Tinha feito algo terrível. Tinha traído minha melhor amiga ao beijar o marido dela. Como poderia viver comigo mesma? Eu era tão ruim quanto meu pai.

Precisava contar a verdade para Claire.

Uma semana depois, Claire e eu almoçamos juntas. Nos últimos anos, ela vinha parecendo cada vez mais infeliz. Como se a vida estivesse sendo sugada de dentro dela. Eu não conseguia me lembrar da última vez que a havia visto sem olheiras. Ela não sorria nem ria como antes.

Mas, dessa vez, ela parecia feliz. O mais feliz que eu a tinha visto em anos. Aquilo me fez pensar que talvez não devesse lhe contar a verdade sobre Noah. Não queria estragar sua felicidade. E não é que algo realmente *terrível* tivesse acontecido. Foi só um beijo.

– Você está de tão bom humor... – comentei com ela. – As coisas estão... melhores com o Noah?

– Bem... na verdade não. – Ela hesitou antes de abrir um sorriso. – Mas há outras coisas na vida, sabe?

Achei que ela estivesse falando de seu trabalho como professora, que eu sabia que ela adorava. Ou de seus filhos, que ela também adorava. Ainda não tinha tido coragem de contar a verdade quando ela se levantou para ir ao banheiro. Claire deixou o celular sobre a mesa e, quando saiu, uma mensagem de Jack Alpert apareceu na tela:

> Não consigo parar de pensar em você. Mal posso esperar pra te ver amanhã.

É claro que só pude chegar a uma conclusão. Claire estava traindo Noah. De repente, tudo fez sentido.

O motivo pelo qual Claire estava tão feliz. A razão pela qual Noah sentiu a necessidade de tentar me beijar. Ela estava traindo o marido. Com o melhor amigo dele. E foi por isso que Noah tentou dar o troco com a melhor amiga de Claire, só que não conseguiu ir adiante.

Sempre achei que Claire era a melhor pessoa que já conheci. Acreditava que ela era honesta, gentil e leal. Naquele momento, percebi que nada disso era verdade. Ela estava traindo o homem a quem havia prometido sua vida, e da pior maneira possível. Ela não era melhor do que meu pai, que dormia com a irmã da própria esposa. E então Noah tentou me usar para se vingar dela.

Que desprezível. Eles eram desprezíveis.

Quando voltou à mesa e olhou para a mensagem, ela abriu um sorriso misterioso. Quis arrancar os olhos dela, como fiz com Bryan McCormick.

Poderia ter confrontado Claire. Poderia ter exigido que ela terminasse o caso. Mas, em vez disso, decidi fazer algo muito pior.

É claro que nada disso teria acontecido se eu não tivesse conhecido Warner. Havíamos nos esbarrado anos antes, quando ele me deu alguns conselhos on-line sobre um veneno que nunca apareceria em uma autópsia. Nós nos encontramos no meu apartamento e tivemos uma noite de sexo espetacular. Mas eu sabia que ele era alguém com quem não queria me envolver, e não apenas porque era bonito e charmoso demais. Ele era perigoso. Mas ainda nos falávamos de vez em quando e, às vezes, nos encontrávamos para nos divertir um pouco.

Enfim, contei tudo para ele. Concordamos que meus antigos amigos mereciam receber uma lição. Assim como no meu caso, aquela não era a primeira aventura dele. Juntos, elaboramos um plano. Começamos com um mapa falso e uma faca capaz de escavar uma árvore para parecer garras de animais.

QUARENTA
CLAIRE

– Lindsay – digo, sem fôlego.

Minha melhor amiga há mais de quinze anos ergue os olhos azuis para me encarar. Ela segura uma pistola pequena, apontada para a cabeça de Noah. O alívio momentâneo que sinto ao perceber que ela ainda está viva é superado pela descrença no que estou vendo.

– Olá, Claire. – Ela me dá o sorriso que fez com que todos os homens que conheceu se apaixonassem por ela. – Bem-vinda de volta.

Minha cabeça está cheia de perguntas. Não sei qual delas fazer primeiro. Abro a boca e por fim disparo:

– Mas você morreu!

Lindsay dá um tapinha no ar.

– Esse boato foi um tanto exagerado.

– Mas você comeu a beladona! – grito.

Ela estala a língua.

– Eu te falei que eram mirtilos, Claire. Eu sei a diferença... minha mãe cultivava essas frutinhas. Você deveria ter experimentado uma. Estavam bem saborosas.

– Mas... mas o Warner falou... – Olho para Warner, ainda segurando a espingarda. Finalmente entendo. – Ele falou que você tinha morrido. E você estava bem esse tempo todo.

– É isso aí! – O sorriso dela se alarga. – Foi uma performance e tanto, não foi? Acho que desperdicei minha vocação de atriz.

– Pesquisamos vídeos no YouTube de pessoas tendo convulsões – acrescenta Warner. – E achei minha massagem cardíaca bem realista. Não te machuquei muito, né, princesa?

Lindsay balança a cabeça.

– Nem um pouco.

Noah levanta a cabeça apenas o suficiente para que eu possa ver seus olhos castanho-claros. Ele a balança de leve.

– Você... você matou o Jack? – sussurro.

– Não. – Ela aponta para Warner com a cabeça. – Ele matou o Jack. E o grandão que era dono da cabana. Mas eu matei a Michelle. E vou matar você.

Parece que alguém rouba todo o meu ar. O rosto de Noah fica completamente branco. Isso não pode estar acontecendo. A Lindsay é minha melhor amiga. Como ela pôde fazer isso comigo? E por quê?

– Por que você tá fazendo isso? – choramingo.

Lindsay olha para mim. Ela continua linda, mesmo apontando uma arma para o meu marido.

– Essa é a melhor parte. Vou deixar o Noah te contar.

Franzo a testa.

– O Noah?

Ele afunda o rosto nas mãos.

– Me desculpa, Claire. Eu te contei que teve uma mulher que...

Fico de queixo caído. Finalmente entendo. Lindsay, minha melhor amiga, foi a mulher que ele beijou. Eu estava transando com o melhor amigo dele, então essa foi sua vingança. Mas ele nunca foi adiante.

– Ele me usou. – O sorriso desaparece do rosto de Lindsay quando ela o atinge na nuca com a arma. Ele se encolhe, mas não emite nenhum som. – Ele tentou me usar pra se vingar de você por conta da nojeira que você fazia com o Jack. – Ela faz uma careta. – Vocês dois são pessoas horríveis.

– Lindsay – murmura Noah –, não foi isso que aconteceu...

– Cala a boca, Noah – dispara ela, se virando para olhar para mim. – Você tinha tudo. Uma vida maravilhosa com um marido perfeito. Se eu soubesse que você ia estragar tudo, nunca teria me dado ao trabalho de me livrar do Ted.

– Ted... – Demoro um pouco para entender do que ela está falando. Ted, meu namorado no segundo ano. O que se afogou no verão. – Ai, meu Deus, Lindsay, você não...

Chamas se acendem nos olhos dela.

– Ele mereceu. Era uma pessoa horrível, Claire. Ele teria traído você várias vezes. Tive que fazer isso pra te *salvar*.

Tapo a boca, incapaz de acreditar no que estou ouvindo. Lindsay matou Ted anos e anos atrás. Por *minha* causa.

Eu não fazia ideia do que ela era capaz.

Mas agora eu sei. Ela tem uma arma na mão e está claro que pretende usá-la. Ela vai matar a gente. Nunca vou conseguir chegar em casa. Nunca mais vou ver Emma e Aidan. Eles vão crescer sem nós.

Meus olhos encontram os de Noah por uma fração de segundo. Esta pode ser uma das últimas vezes que o vejo. A noite passada com ele... foi maravilhosa. Cometi um erro terrível quando dormi com Jack. Nunca deveria ter feito isso. Deveria ter tentado resolver as coisas com Noah primeiro.

E agora estou pagando por isso.

– Lindsay – diz Noah, em voz baixa. – Você está cometendo um grande erro. Você não quer fazer isso. Vai passar o resto da vida na cadeia.

– Não, acho que ela não vai – diz Warner. Quase havia esquecido que ele estava atrás de mim até ouvir sua voz de barítono. – Temos o álibi perfeito. Queria muito que vocês ouvissem.

Sinto vontade de vomitar. Não quero ouvir nada do que esse homem tem a dizer, mas talvez, se ele continuar falando, possamos descobrir uma maneira de sair dessa situação.

– Então, a gente vai dizer pra polícia o seguinte... – Ele aponta para Noah com a cabeça. – O Noah descobriu que a esposa estava traindo ele com o melhor amigo. Teve uma crise de raiva e ciúmes terrível. Aí... ele matou todo mundo, inclusive ele mesmo. Felizmente, eu e a Lindsay estávamos dando uma volta quando isso aconteceu e chegamos bem a tempo de ver a carnificina.

Noah fica pálido.

– Você não está mesmo...

Lindsay inclina a cabeça para o lado.

– Triste, né? Seus filhos vão crescer sem pais e também pensando que o pai deles era um assassino maluco. – Ela dá de ombros. – Mas que diferença faz? Claramente vocês não se importam com o fato de estarem destruindo a família. A Emma implorou pra vocês ficarem em casa, mas vocês vieram pra cá mesmo assim.

Estremeço ao me lembrar do rostinho de Emma olhando para mim, implorando para que eu não fizesse essa viagem. Se ao menos eu tivesse lhe dado ouvidos, poderia estar com meus filhos neste momento...

A mão direita de Noah se fecha. Parece que ele quer bater em um deles, ou nos dois. A essa altura, talvez devesse. Eles vão matar a gente de qualquer maneira. É melhor sair por cima.

– Só tem um detalhezinho – diz Lindsay.

Ela ergue a arma e aponta bem para o crânio de Noah. Fecho os olhos quando ouço um tiro. Não. *Não*. Isso não está acontecendo.

Fico apavorada com a possibilidade de abrir os olhos e encontrar meu marido caído no sofá, com um buraco de bala na cabeça. Abro os olhos, e Noah ainda está sentado. Não parece ter levado um tiro. Parece estar bem.

Então ouço um som gorgolejante vindo do chão. Olho para baixo: Warner está caído, segurando o pescoço, de onde jorra sangue. Fico olhando para ele, com o coração batendo acelerado. O que acabou de acontecer?

– Sinto muito, meu bem. – Lindsay está de pé acima dele, com o rosto impassível. – Mas sua história era muito complicada. E a polícia tem registro das suas impressões digitais. Eu simplesmente não podia correr o risco de ser associada a você.

Warner tosse sangue. Parece que está tentando dizer alguma coisa, mas não consegue.

– Não dá pra duas pessoas guardarem um segredo – diz ela. – A não ser que uma delas esteja morta. É só um fato. Eu sempre trabalho sozinha.

Observo horrorizada os olhos de Warner se arregalarem nas órbitas. Ele está morto. Ela acabou de matá-lo.

– Então – diz Lindsay, de repente. Parece não estar nem aí para o fato de ter acabado de matar um homem, e isso me arrepia. Quem é essa mulher? Eu achava que a conhecia melhor do que ninguém. – O negócio é o seguinte. Eu conheci o Warner em um app de relacionamentos e, pra minha infelicidade, ele se revelou um psicopata. Matou todos nós, mas consegui sobreviver me fingindo de morta. – Ela sorri com benevolência. – Então vocês podem ser só vítimas inocentes. Esse é o meu presente pra vocês, se vocês se comportarem bem e não fizerem nenhuma gracinha.

Como assim não fazer nenhuma gracinha? O que eu faria? *Ela* está com a arma. É claro que Warner deixou cair a espingarda no chão, mas Lindsay sabe melhor do que ninguém que eu não teria a menor ideia do que fazer com aquela coisa. Duvido que Noah tenha alguma ideia também. A não ser...

Onde está o canivete suíço?

Vejo que a mão direita de Noah está enfiada no bolso. Lindsay parece não ter notado. Será que o canivete está lá dentro? Se estiver, temos uma chance. Se não estiver... bem...

– Então – diz Lindsay –, qual de vocês prefere ir primeiro?

Ah, meu Deus. Por favor, que Noah esteja com o canivete...

Respiro fundo, tentando ganhar tempo.

– Lindsay, você tem que entender que o que eu tive com o Jack... Simplesmente aconteceu. Não foi minha intenção.

– Claro. – Ela bufa. – Foi a mesma coisa que o meu pai disse.

– O seu pai era um babaca – digo. Ela joga a cabeça para trás, mas eu continuo. – Lembro que quando ele morreu, ficamos acordadas a noite toda falando dele. Você se lembra disso?

Lindsay faz uma careta.

– Isso foi há muito tempo.

– Bem, *eu* me lembro. – Eu a encaro nos olhos. – Você me contou como ele tratava mal sua mãe. Que nunca esteve presente pra família. Que você sempre sentiu que não era boa o suficiente pra ele.

Lindsay abaixa a arma um milímetro.

– É, bem...

– Eu e você... – Engulo em seco com dificuldade. – Sempre pudemos contar uma com a outra. Sempre que precisei de você, você esteve presente, Lindsay. Quer dizer, você foi minha madrinha de casamento. É a madrinha dos meus filhos. Quando achei que você tinha morrido...

Ela olha para mim por um bom tempo.

– Quando você achou que eu tinha morrido e quis ficar pra trás, quase não consegui ir adiante. Sinceramente, eu... achei que você não se importaria tanto.

– Do que você tá falando? É claro que eu me importo!

No momento em que as palavras saem da minha boca, percebo o quanto são verdadeiras. Quando pensei que Lindsay estava morta, foi como se meu mundo inteiro estivesse desmoronado. Claramente, ela tem problemas muito mais profundos do que eu imaginava. Quer dizer, eu sempre soube que ela era meio desequilibrada. Mas jamais suspeitei que fosse capaz de fazer algo assim.

Parte de mim ainda não acredita.

– Lindsay – digo com dificuldade. – Vamos tentar resolver isso. Vou fazer o que for preciso pra te tirar dessa situação.

É claro que não existe saída para essa situação. Três pessoas estão mortas. Mas o rosto de Lindsay se suaviza e ela abaixa a arma. Solto um suspiro.

– Não quero matar você, Claire. – Ela balança a cabeça. – Não quero mesmo. Mas você precisa entender... – Ela ergue os olhos. – Você sabe de muita coisa. Não posso confiar em você pra guardar meus segredos.

E então ela começa a levantar a arma outra vez. Ah, meu Deus. Isso realmente está acontecendo. Em um segundo, vou me juntar a Warner no chão.

Fecho os olhos, me preparando. Mas, uma fração de segundo depois, ouço o grito de Lindsay e abro os olhos depressa. Noah está de pé, e o canivete suíço está espetado no ombro direito dela. A manga da camiseta rosa dela escurece rapidamente com sangue e a arma cai no chão.

– Claire! – grita Noah. – Pega a arma! Agora!

Entendo o que ele está me dizendo para fazer. Tenho que pegar a arma. Mas sinto como se estivesse em transe. Não consigo me mexer.

– Mas...

– Claire! PEGA A ARMA!

Os gritos dele me tiram do torpor. Eu me arrasto para pegar a arma no chão, embora nunca tenha segurado uma antes e não tenha certeza de como fazer isso. Tenho apenas uma vaga certeza de que o cano não está apontado na minha direção.

Lindsay cai no chão enquanto a mancha vermelha na camiseta continua a crescer. Tento segurar a arma com firmeza, mas minhas mãos não param de tremer.

– Claire – diz ela, baixinho. – Abaixa a arma. Eu sei que você não vai atirar em mim.

Noah a encara. Com a mão direita, ele segura o canivete, escorregadio com o sangue dela.

– A Claire talvez não. – Ele puxa com firmeza a arma das minhas mãos, e eu deixo. – Mas eu com certeza sim.

Olho para ele. Ele está com a arma de Lindsay, apontando-a para ela. As mãos estão surpreendentemente firmes, considerando que nunca o vi apontar uma arma antes. Acredito que ele atiraria nela. Ele faria o que fosse preciso para defender nós dois. Afinal de contas, me prometeu que nos levaria para casa.

– Você consegue lidar com isso? – pergunto em voz baixa.

Noah assente depressa.

– Deixa que eu resolvo. Só fica longe dela.

Eu me sinto mal ao olhar para minha ex-melhor amiga, deitada no chão da cabana. Ela está pálida. Não sei se vai sobreviver. Não tenho certeza se torço para que consiga ou não. Ela esfrega a testa e espalha sangue pelo cabelo.

– Me desculpa, Claire – sussurra ela.

Noah coloca a mão no meu ombro. Com delicadeza, me afasta de Lindsay para que eu não tenha que ver a vida dela se esvair.

EPÍLOGO
CLAIRE

Emma se atira em cima de mim tão depressa que quase caio. Se eu achava que ela havia me abraçado com força antes de eu viajar, agora é um milhão de vezes mais forte. Mas, desta vez, estou me agarrando a ela do mesmo jeito.

Olho para a direita, e Aidan, em geral reservado, está montado em Noah. A qualquer momento, provavelmente teremos que nos revezar, embora quisesse muito poder abraçar os dois ao mesmo tempo. Achei que nunca mais veria nenhum deles.

Quando estávamos a uma hora de distância de casa, liguei para minha irmã para que trouxesse as crianças. Agora ela estava no meio da nossa sala de estar, com os olhos um pouco marejados. Logo na primeira noite, ela percebeu que havia algo errado, mas só começaram as buscas no segundo dia, quando perdemos a reserva na pousada.

– Que bom que você voltou, mana – diz Penny.

Ergo os olhos do abraço que estou dando na minha filha e estendo os braços. Ela se aproxima para um abraço por cima da Emma. E então Aidan também quer participar. Por fim, estamos os cinco nos abraçando ao mesmo tempo. É um pouco ridículo, mas me deixa feliz. Houve momentos em que tive certeza de que nunca mais poderia abraçar nenhuma dessas pessoas.

A polícia chegou apenas dez minutos depois que Noah enfiou o canivete em Lindsay. Warner tinha um dispositivo para bloquear o sinal dos aparelhos celulares, mas antes que Noah conseguisse descobrir como desligá-lo, a polícia já estava lá. Lindsay havia ligado chorando mais cedo, dizendo que Warner a estava ameaçando com uma arma e que eles deveriam vir imediatamente. Ela havia preparado todo o cenário.

De acordo com a polícia, o nome verdadeiro de Warner era Donald Regis. Ele era procurado em outros dois estados por participar de vários homicídios. Se tudo tivesse ocorrido conforme o planejado por Lindsay, ele teria servido como o bode expiatório perfeito. Em especial porque estava morto e não poderia se defender.

O dono da cabana era um homem recluso chamado Henry Callahan. Lindsay e Warner nunca o tinham visto antes, mas a cabana ficava em um local perfeito. Foi por isso que o mataram. Foi uma questão de azar.

Lindsay, por outro lado, sobreviveu. Ela ainda estava respirando quando os paramédicos a levaram. Mas vai cumprir uma pena considerável, respondendo por quatro homicídios. Bem, *no mínimo* quatro. Não se sabe ao certo quantas pessoas Lindsay matou ao longo da vida. Não sei se algum dia saberemos.

Jack e Michelle estão mortos. Pouco antes de sairmos, um dos policiais informou que o corpo de Michelle tinha sido encontrado. Ela foi esfaqueada até a morte; não havia nenhum animal selvagem envolvido. Lindsay e Warner fizeram todas as marcas de garras com antecedência para nos despistar. Eles usaram um ímã na bússola de Jack para nos levar exatamente para onde queriam que fôssemos.

Eu e Noah sobrevivemos, mas nada vai trazer Jack e Michelle de volta. Toda vez que penso nisso, sinto uma pontada de tristeza.

Por que Lindsay tinha feito isso? Sim, eu sempre soube que ela era um pouco estranha. Ela era uma defensora da moral, principalmente quando se tratava do sexo oposto. É claro que, ao olhar para trás, todas as minhas lembranças dela ganharam uma nova luz. Na época da faculdade, certo dia estávamos tomando cerveja do lado de fora de um bar e um cara se aproximou da gente e não aceitou um não como resposta. Lindsay quebrou a garrafa de cerveja na parede e encostou a borda toda irregular no pescoço do cara. Ele saiu correndo logo depois.

Sempre admirei Lindsay por essa atitude. Jamais teria tido a coragem de ameaçar um tarado com uma garrafa de cerveja quebrada. Mas agora, quando penso naquela noite, eu me lembro do brilho nos olhos dela e do quanto Lindsay pareceu gostar de ver o cara se contorcer.

E depois, é claro, veio Ted. Meu ex-namorado que peguei me traindo. Ela ficou furiosíssima por minha causa. Também fiquei. Eu me lembro de ela dizer: *ele deveria pagar por ter feito isso com você.* Mas nunca imaginei que ela sentiria a necessidade de fazer justiça com as próprias mãos.

No final, decepcionei Lindsay, assim como todo mundo. Talvez eu não merecesse morrer, mas ela estava certa sobre eu ter feito algo terrível. Não tenho certeza se algum dia vou me perdoar, embora Noah tenha me perdoado.

Enquanto Emma se agarra à minha cintura, penso em como vou contar às crianças que a tia Lindsay vai passar o resto da vida na cadeia. E que foi ela quem tentou matar os pais deles. Os dois adoram a Lindsay; para falar a verdade, acho que Aidan tem uma queda por ela. Talvez eu possa inventar uma mentirinha.

– Senti tanta saudade de vocês! – digo.

Noah aperta a minha mão. Sinto uma onda de afeto pelo homem que, há apenas alguns dias, eu pensava odiar. Eu achava que tínhamos chegado ao fim. Acreditava que, quando voltássemos, teríamos que discutir como dividir a casa e as contas bancárias.

– É bom estar em casa – diz ele.

Eu aperto a mão dele de volta.

• • •

Emma e eu vamos preparar o jantar para a família hoje. Noah sugeriu pedir uma pizza, mas depois de tudo o que passamos, acho que uma refeição caseira é necessária. Infelizmente, não temos muita comida em casa porque planejávamos passar uma semana fora, mas é o suficiente para preparar um ensopado.

– Precisa de ajuda? – perguntou Noah antes de ir jogar o jogo de videogame favorito de Aidan com ele.

Mas ele não perguntou da maneira ressentida de antes. Perguntou como se realmente quisesse ajudar.

– Não, tá tudo bem – respondi.

– Tem certeza? – Ele colocou as mãos em volta da minha cintura e me puxou para perto dele. – Porque, o que você precisar...

Eu sorri.

– Tá tudo bem. Mas quem sabe eu e você possamos sair um dia à noite, mais para o fim da semana.

Ele se inclinou para me beijar.

– Você leu meus pensamentos.

Então agora Emma e eu estamos preparando um ensopado. Ela está colocando o conteúdo de uma lata de creme de cogumelos na panela grande enquanto eu mexo o macarrão que está no fogo. O forno está preaquecendo a 200 graus.

– Adoro creme de cogumelos – comenta Emma.

Ela enfia a colher no caldo e mete na boca. Eu me encolho. É normal uma criança comer sopa ainda crua?

– Emma...

– Mas, mamãe, é gostoso!

Impossível ser gostoso. Mas tudo bem. Não vai matar.

– Tô muito feliz por vocês estarem em casa – diz Emma. – Eu *avisei* que ia acontecer alguma coisa ruim nessa viagem.

Mais uma vez, a premonição de Emma se tornou realidade. Bem, mais ou menos.

– Você disse que um monstro ia comer a gente.

Ela dá outra colherada na sopa fria.

– Bem, fiquei preocupada porque o papai disse que ia fazer trilha.

– Trilha? Você quer dizer que ele ia pescar.

– Não, não. – Ela lambe a sopa dos dedos. – Trilha. Na floresta.

– Você... tem certeza?

Ela assente.

– Com o tio Jack.

Balanço a cabeça.

– Não, *eu* ia fazer uma trilha com o tio Jack.

– O papai também ia – insiste Emma. – Eu ouvi os dois conversando no telefone. Eles iam fazer uma trilha, só os dois.

Emma me encara com seus olhos castanhos arregalados. Ela tem uma excelente memória, e se diz que ouviu Noah e Jack planejando uma trilha juntos, tenho certeza de que foi isso mesmo que aconteceu. E não há nada de errado nisso. Afinal de contas, era por isso que estávamos indo para aquela pousada no meio do nada. Para que pudéssemos fazer caminhadas, pescar e tudo o mais.

Então por que essa revelação me deixa incomodada?

Eu queria fazer o que fosse preciso pra ter você de volta.

Nunca perguntei a Noah por que ele tinha aquele canivete suíço no bolso. Ou por que ele o pegou de volta na gaveta. Pareceu muito irrelevante depois. E talvez eu não quisesse ouvir a resposta.

Então me ocorre que nossa bagagem ainda está no carro. A polícia apreendeu tudo que pertencia a Jack, Michelle, Lindsay e Warner, mas nos deixou ficar com nossas coisas. Quando chegamos em casa, estávamos entusiasmados demais para ver as crianças e não pensamos nas malas. Ainda está tudo lá.

O timer apita para indicar que o macarrão está pronto. Desligo o fogo e o despejo no escorredor. Um sopro de vapor sai da massa.

– Ei, Emma – digo. – Vou rapidinho na garagem pegar nossas malas. Você pode ficar de olho nas coisas aqui na cozinha?

Emma faz que sim, muito séria.

– Aham.

– E...?

– Não vou chegar perto do fogão.

Dou-lhe um beijo na testa.

– Boa menina.

Temos uma garagem anexa, grande o suficiente para dois carros. Pego as chaves do carro e passo pela porta da garagem, que está um breu só. Acendo a luz, mas é muito fraca. Minha minivan está parada ao lado do Prius de Noah. Aperto o botão do meu chaveiro e o carro pisca.

A bolsa de Noah é a menor, verde. Apalpo as bordas, procurando o zíper. Não sei muito bem por que estou fazendo isso ou o que espero encontrar. Acho que só quero ter certeza. Quero ter certeza de que a trilha particular que Noah e Jack estavam planejando juntos não passaria disso.

Abro o zíper da bagagem. Camisas e calças estão dobradas de qualquer jeito dentro dela, com bolas de meia espalhadas por toda parte. Não há nada de assustador nem incomum aqui. Parece a mala bagunçada de um homem qualquer.

Solto um suspiro de alívio.

Só para ter certeza, começo a apalpar as roupas. Sinto a maciez das camisas sob os dedos. Não sei o que estou procurando. Uma arma? Outra faca? Em todo caso, não encontro nada. Não que isso me surpreenda.

Bem, acho que deveria levar as malas para dentro. Conhecendo meu marido, se eu não fizer isso ele provavelmente vai deixar tudo no porta-malas pelas próximas semanas. Então, pego a bagagem dele e tiro do bagageiro. Também pego o moletom que ele estava usando na floresta e abandonou ali. Definitivamente precisa ser lavado, já que não o lavei na pia da cabana.

No entanto, quando jogo o moletom em cima da bolsa dele, ouço um ruído.

Pego o moletom cinza, curiosa para saber o que teria feito aquele barulho. Abro o zíper de um dos bolsos na lateral, depois sacudo a peça.

Para minha surpresa, um pequeno cubo prateado cai.

Eu o reconheço na mesma hora. É um dos ímãs de geladeira superfortes que Noah comprou quando os desenhos de Emma e Aidan ficavam caindo da geladeira. Mas por que ele tinha um ímã no moletom? O que planejava fazer com ele?

Eu queria fazer o que fosse preciso pra ter você de volta.

É bobagem ficar desconfiada. Provavelmente foi Warner que o colocou ali. Afinal de contas, eles planejavam incriminá-lo. Não é?

Eu queria fazer o que fosse preciso pra ter você de volta. Qualquer coisa.

– Claire? – A voz de Noah ecoa do lado de fora da garagem. Enfio o ímã depressa de volta no casaco dele. – Tá na garagem?

– Sim, só estou tirando nossas malas do carro! – respondo.

Jogo o moletom de volta em cima da bolsa no momento em que ele abre a porta da garagem e me encontra ao lado da bagagem dele. Noah ergue as mãos.

– Não precisa se preocupar com isso, Claire. Você já tá preparando o jantar... O mínimo que posso fazer é levar as malas lá pra cima.

Na semana passada, essa teria sido uma discussão em que eu o acusaria de procrastinar todas as tarefas até eu não aguentar mais e ter que fazer eu mesma. Mas agora as coisas são diferentes.

– Não me importo.

– Prometo que vou cuidar disso. – Ele entra na garagem e se junta a mim em frente ao porta-malas. Pega o moletom sujo em cima da mala e o apoia no braço. – Você não deveria ter que lidar com a minha roupa suja. Eu mesmo posso lavar.

– Ah – murmuro. – Bem, é que geralmente eu que lavo a roupa...

Ele agarra meu pulso para me puxar para perto dele.

– É o mínimo que posso fazer. Só quero que saiba o quanto sou grato a você. – Ele me beija de leve nos lábios. – Não vou estragar tudo outra vez.

Tento relaxar quando Noah me beija de novo, mas é difícil não imaginar o que exatamente ele estava planejando para essa viagem. Se Lindsay não tivesse intervindo, será que Noah teria levado Jack para a floresta e o deixado desorientado? Será que Jack teria levado uma facada durante a trilha? É possível que meu marido fizesse algo assim?

Quero pensar que não. Quero pensar que há uma explicação perfeitamente razoável para tudo isso. E, além do mais, não foi ele que matou Jack, foi Warner. Por que fazer uma pergunta que vai ameaçar nossa recém-descoberta felicidade juntos?

Às vezes, é melhor não saber.

LINDSAY

Bem, não funcionou exatamente como planejei.

O promotor diz que estou sujeita a várias sentenças de prisão perpétua combinadas, mas meu advogado diz que há uma chance de ele me livrar alegando insanidade. Se isso acontecer, vou cumprir alguns anos em um hospital psiquiátrico tranquilo e depois voltar para casa. Ele falou que ninguém vai colocar uma mulher bonita na cadeia pelo resto da vida. As pessoas são muito superficiais.

No entanto, acho improvável que eu me livre sob esse argumento. Agora que fui pega, as pessoas estão somando dois mais dois e descobrindo o que fiz no passado. Todos aqueles outros assassinatos, embora cada um deles tenha sido merecido. Eu me achava muito cuidadosa, mas acontece que deixei indícios para trás. Eles nunca vão me deixar solta. Vou passar o resto da vida nesta cela fria e nesta cama desconfortável.

Vou ter muito tempo para refletir aqui.

Não consigo parar de pensar naqueles últimos momentos na cabana. Eu estava quase lá. Se ao menos não tivesse dado as costas para o Noah... Havia me esquecido de que ele tinha aquele canivete suíço, e com certeza não achei que fosse capaz de usá-lo. Ele só conseguiu fazer isso porque achou que eu ia atirar na Claire. Nada mais poderia tê-lo motivado. Apesar do que ela fez com ele, ele ainda a amava muito.

É irônico, porque fui eu que dei o canivete para ele. Fiz isso quando estávamos no posto de gasolina, enquanto Claire ia ao banheiro. Sorri para ele sem jeito e disse que estava com medo de guardá-lo porque poderia me machucar acidentalmente. Ele o pegou sem questionar. Os homens são tão fáceis.

Foi ideia do Warner colocar o ímã no moletom do Noah, no bolso com zíper, onde era improvável que ele olhasse. Tirei o ímã da geladeira deles ao lhes fazer uma visita. O tempo todo, era Noah quem estava alterando a bússola de Jack sem nem mesmo perceber. Jack suspeitava, e por isso acreditava que o melhor amigo estava tentando mantê-los perdidos na floresta para os próprios fins nefastos.

Isso foi na época em que o Warner planejava colocar a culpa no Noah. É claro que o ímã ainda está lá. Aninhado no bolso do moletom imundo dele.

Fico me perguntando se Claire vai encontrar o ímã quando for lavar a roupa. Afinal de contas, é ela que sempre lava as roupas, algo de que reclama o tempo todo. Ela vai ver o ímã e ficar imaginando... Imaginando se há na história algo que Noah não tenha contado.

Conheço a Claire tão bem... Isso vai consumir ela. Eles acham que consertaram o casamento, mas esse ímã vai acabar com eles.

E eles finalmente vão ter o que merecem.

AGRADECIMENTOS

Sou muito grata a todas as pessoas que me apoiam e me ajudam no doloroso processo de edição de um livro. Escrever é um processo solitário, mas, depois do primeiro rascunho, preciso de toda a ajuda possível. Tenho sorte por todo o apoio que recebo: amigos e familiares que estão sempre presentes para me dar uma opinião ou mais.

Obrigada à minha mãe, pelos comentários encorajadores e por me ajudar a encontrar todos os erros de digitação irritantes. Obrigada a Jen, pela crítica minuciosa e por conversar comigo sobre o assunto. Obrigada a Kate pelas ótimas sugestões. Obrigada a Rebecca, pelos excelentes conselhos. Obrigada a Ken e a Greg, por me darem opiniões masculinas. É incrível ter esse apoio em minha vida. E obrigada ao meu grupo de escrita!

E, como sempre, obrigada ao restante da minha família. Sem o incentivo de vocês, nada disso seria possível.

CONHEÇA OS LIVROS DE FREIDA McFADDEN

O detento
Até o último de nós

SÉRIE A EMPREGADA

A empregada
O segredo da empregada
O casamento da empregada (apenas e-book)
A empregada está de olho

Para saber mais sobre os títulos e autores da Editora Arqueiro,
visite o nosso site e siga as nossas redes sociais.
Além de informações sobre os próximos lançamentos,
você terá acesso a conteúdos exclusivos
e poderá participar de promoções e sorteios.

editoraarqueiro.com.br